W0072418

ASLI ERDOĞAN

REQUIEM FÜR EINE VERLORENE STADT

Aus dem Türkischen
von Gerhard Meier

Nachwort von Gerrit Wustmann

 PENGUIN VERLAG

IN DER STILLE DES LEBENS

ÜBER DIE EWIGKEIT

Das erste Verbrechen

Früher, sehr viel früher, im Goldenen Zeitalter, das niemals wiederkehrt, als die Ewigkeit noch nicht an die Zeit stieß, war das Licht. War das Wort. War das Herz, das aus dem Wort entstand. War die Erde. Die Form. All das aber genügte nicht, um die Welt der Menschen erblühen zu lassen. Die Götter erlernten das Zerschlagen. Das erste Verbrechen wurde begangen, ein Bruder erschlug seinen Bruder. Wasser vermischte sich mit Blut, das Licht mit dem Schrei … Das noch Ungeborene trennte sich auf ewig vom Sterbenden, das Wort fiel aus dem Herzen, die Form vergaß ihr Gesicht. Wie ein roter Vorhang spannte sich das Blut zwischen Leben und Tod. Daher bleibt unser Leben stets unfertig, unvollkommen, jeden Tag erdrosselt in uns ein Gott einen anderen, und jeden Tag erschaffen wir uns aus der Vermählung von Blut und Träumen aufs Neue.

Der Schrei

Manchmal sah meine Mutter mir lange ins Gesicht. Auf einmal wurde ihr Blick so leer wie ein ausgetrocknetes Flussbett. Aus jenem Blick, der niemandem mehr gehörte, zog das Leben sich ganz und gar zurück. Da musste ich plötzlich wieder an die Angst tief in mir denken. Vor der Abtreibung war meine Mutter im letzten Augenblick zurückgeschreckt, an der Tür noch. Darin besteht das Geheimnis, das Wunder eines Lebens, meines Lebens. Mir war, als läse ich aus den Sträuchern und Kieseln entlang des Flusses meine Geschichte von Anfang bis Ende. Der Schrei ihres blutenden, aufgerissenen Leibes ging auf mich über. Dieser aus den Tiefen der Erde, der frühesten Geburt stammende Schrei, der in der Stille sprießender Bäume, keimender Ähren, in der Stille des Lebens und der Worte fort und fort hallt, bis er an der Leere des Himmels zerbricht.

Das Dasein

Ich bin aus tausend leuchtenden Tropfen entstanden, aus zur Erde fließendem Blut, aus Sternenstaub, der über die Wüste wehte, aus der verhallenden Melodie des Liedes von allem Anfang … Ich bin die Summe all dessen, was mir gewährt und nicht gewährt wurde, was ich verloren habe und noch verlieren werde, aus dem Blut der Worte und dem Schweigen. Ich bin, was sich in einer oft erzählten Geschichte unausgesprochen verbirgt, bin die Geduld des im Sand vergrabenen Samens, der auf den Wüstenregen wartet, bin ein langer Blick vom einen Ende des Nichts zum anderen, bin das Lied von allem Ende, das nach seiner Melodie sucht. Und noch niemand hat mein Gesicht ohne Schleier gesehen.

Das ägyptische Totenbuch

Mein Herz!

Mein Herz, das ich von meiner Mutter habe! Mein Herz, das Erbe aller Zeiten! Zeuge nicht gegen mich, verleugne mich nicht, werde mir nicht zum Feind! Lass uns nicht zu Rivalen werden. Denn du allein rettest meine Seele, hältst mich zusammen. Sei mein Führer, geh mir voraus auf jenem Weg, den alle beschreiten, auf der Suche nach dem Glück. Streich meinen Namen aus jenem furchtbaren Gemenge, das sich Menschheit nennt.

Verbreite keine Lügen über mich. Es reicht, wenn du mir zuhörst. Das allein ist mir genug.

Alle Frauen der Stadt

In dieser Nacht haben alle Frauen der Stadt geweint. Dunkle Brillen, tönendes Gelächter, Lippenstiftlächeln … Keine vermag die Spuren ihrer Tränen zu verbergen, seien diese vor ein paar Sekunden geflossen oder bereits vor Jahren, in irgendeinen unterirdischen Fluss.

Meist sah ich den Frauen vom Fenster aus zu, nach Einbruch der Dunkelheit, wenn ihre Adern im grellen Kunstlicht gleichsam durchschienen. Zu zweit saßen sie da, nebeneinander oder einander gegenüber, und steckten die Köpfe zusammen. Manchmal gesellte sich eine dritte dazu, wie Vögel versammelten sie sich um den Tisch. Darauf waren verschiedene Zigarettenmarken aufgereiht, fest verschlossene, ihren individuellen Schatz bergende Handtaschen, und Telefone. Saß eine allein da, ließ sie das Telefon nicht aus der Hand, um sicherzugehen, dass ihr Alleinsein nicht von Dauer wäre. Einsam wie sie waren, sahen die Frauen einander an. Warfen die Haare zurück, öffneten die Gesichter und zeigten, dass sie sich von ihren Wunden nicht besiegen ließen. Die Blicke, die sich in den Gläsern verfingen, färbten den blutroten Wein noch dunkler.

Manchmal seufzte eine der Frauen leicht, zwei verfielen in Schweigen, die dritte blickte in die Dunkelheit, dann lachten alle drei erneut. Mit blutleeren Worten erzählten sie sich rasch ihre Lebensgeschichte, mit vorgekauten Worten, die einen Flügelschlag lang ans Herz rührten. Womöglich ahnten sie, dass eine neue Welt nur mit Spucke herangären konnte. Dann kredenzten sie sich gegenseitig ihr Schweigen. Wie die unter Stoffschichten verborgenen Brüste nährten ihre Tränen die Wurzeln des Lebens.

Heute Abend, in dieser leeren blauen Stunde, nehme auch ich diesseits der Fensterscheibe meinen Platz unter den Frauen ein. Als würde ich Tabak rollen, forme ich mein Ich zu einer Geschichte, vermische mein Leben mit gekautem Tabak, mit Wein, dem Blau und dem Schwarz der Nacht und blase den Rauch in die Leere. Von hinter der Scheibe vernehme ich meine Stimme, doch ob ich das Ich, das ich hierlasse, eines Tages wiederfinde und auch tatsächlich zurückhaben will, weiß ich nicht.

Die Wüste

Zwischen die Steine in der endlosen Wüste der Einsamkeit fährt auf einmal der Wind, eine Fackel flammt auf und beleuchtet die leeren Gräber … Auf den Särgen erscheinen flackernde Bilder, ein verhängnisvoller Buchstabe reiht sich an den nächsten, und der glänzende Tanz der Kobra beginnt. Die erloschenen Gesichter der Mumien beginnen zu leuchten. Das Licht aus ihren Augen zeichnet die verschlungenen Wege der Ewigkeit nach und öffnet die Türen, die sich hinter den Toten verschlossen hatten. Die Flügel der steinernen Frau heben sich, erstrecken sich vom einen Ende des

Lebens zum anderen, und die schwere, stumme Zunge aus Stein kündet von der Wahrheit der menschlichen Seele. Da erlischt das Feuer, folgt wie alles andere dem Ruf des Schlafes. Die Nacht umfasst die Nacht. Die Dunkelheit wird zur Finsternis.

Über die Ewigkeit

Wir, die getöteten, bei filigranen Verbrechen zerfetzten Frauen der Stadt, sind im Keller des herrlichen Palastes versammelt, der für uns errichtet wurde. Schulter an Schulter, Rücken an Rücken stehen wir dicht an dicht beisammen, wie trunken tanzende Engel, denen es nicht gelingt, ihre Flügel zu entfalten. So eng ist alles, dass die Träne der einen auf der Wange der anderen herabläuft und dort Spuren in den Farben des Lebens hinterlässt. Wimperntusche vermischt sich mit Lidschatten und Staub. »Wir können fliegen«, sagen wir wie aus einem Mund, »wir haben uns auf den Weg gemacht, dem rotglühenden Ruf des Horizontes folgend. Wir sind am Himmel, den wir so lang nicht gesehen haben.« Wenn wir einst beschließen zurückzukehren, werden unsere Gesichter völlig ausgelöscht sein. Zug um Zug, Buchstabe um Buchstabe werden wir uns auflösen. Wir werden die Wörter und die Gläser füllen und dunkel färben, werden wie Samen in der Wüste zerstreut, werden zu Regen werden und die Legende von der Ewigkeit aufführen.

Mein Herz!

Mein Herz, das die Wüste und das Blut meiner Mutter in sich trägt! Mein Herz, geformt von den Messerstichen der Zeit. Weder du noch ich waren einsamer als Gott, auch nicht unschuldiger als er.

Wir teilten ein Glas tiefschwarzen Wein, von jenem furchtbaren Gebräu, das sich Menschheit nennt. Wie zusammengebundene blinde Bettler schleifte man uns dem Glück hinterher. Nun bin ich noch weiter unten als du in deinen Abgründen. Ich umschlinge dich wie einen Toten, der auf sein Begräbnis wartet. »Lass mich nicht allein«, rufe ich, »lass mich ja nicht allein!« Vom einen Ende der ewigen Einsamkeit rufe ich zum anderen, und du wirst immer kleiner und versteinerst und bist nur mehr eine graue trauernde Statue, das Überbleibsel einer langen Vergangenheit, und du weinst im Morgengrauen. Dann wächst du ins Unendliche und regnest auf die Wüste herab, durchsichtig wie ein Wassertropfen. Weder einsamer noch schuldiger als Gott war ich, als ich den letzten Messerstich versetzte. Da hast du die Augen geschlossen und meinen Namen geflüstert. Mein Herz! Hörtest du mich etwa? Hörtest du mich die ganze Zeit?

Man tritt vor Osiris, der über die Toten richtet. In der einen Waagschale ein Herz, in der anderen eine Feder. »Ein Toter muss durch siebzig Tore«, heißt es bei den alten Ägyptern. Vor dem Losgehen muss man tief Atem holen.

Das Wunder des Blutes

Auch das ist meine Geschichte. Meine Geburt, mein Tod und alles dazwischen. Zwischen so vielen Geschichten noch eine Geschichte, die an der Stille zerschellt ... Zwischen so vielen Seiten noch eine Seite, die schnell gelesen und, kaum umgeblättert, schon vergessen ist. Vielleicht nur ein Komma zwischen zwei gleich langen Sätzen, zwischen gestern und heute.

Das Wunder des Wassers besteht darin, die von Jägern abgeschossenen Vögel wieder an die Oberfläche zu bringen, sie zwischen den Widerschein der Wolken zu schicken, den so lange angelegten Flügeln einen neuen Himmel zu versprechen. Und das Wunder des Blutes wird darin bestehen, meine Worte ins Leben zu schicken und meiner Zerfetztheit einen neuen Leib zu versprechen. Deshalb streife ich nachts auf dem Friedhof der Worte umher und rufe den Toten verzweifelt zu: »Wacht auf! Wacht auf!« Und mein Gedächtnis wartet als irdenes Gefäß unter dem Kreuz, es wartet und wartet …

GERECHTIGKEIT IM TOD

Eine Person wird ausgewählt, nur eine einzige, sie darf zurückkommen. Am wieder und wieder benutzten Kreuz mischt junges Blut sich mit altem. Das blinde Holz saugt alles auf, denn sein Gedächtnis ist das Reich der Bäume. Bedächtig umarmt es jeden Leib. Wie in die Adern eindringender Rost kehrt die Einsamkeit über die Handgelenke ins Herz zurück.

In der endlosen Kälte der Wüstennacht reihen sich die Toten um ein Freudenfeuer. Das Wasser und das Brot des Sandes werden in aller Stille verteilt. Niemand spricht. Niemand fürchtet sich. Niemand hofft. Einer nach dem anderen erlöschen die Sterne und fallen wie Regen auf die Augen herab, die nichts mehr sehen. Das Licht ist ein Augenblick, der jeden wärmt.

Einer sucht nach seinem Kind, dreht jede Leiche um und verschließt ihr mit einem Totenlied die Augen. Durch und durch geht uns dieses Lied in der Stille des dahinfließenden Lebens. Das Totenlied entspricht unserem verrosteten Schweigen, wenn wir zu den Sternen emporblicken oder auf Friedhöfen nach geliebten Menschen suchen. Oder Wasser ins Meer gießen, damit die Ertrunkenen ihren Durst stillen.

WAS FEHLT

Wo doch

Wo ich doch der Körper bin, in dem die Zeit sich entfaltet, die Erinnerung an die Geheimnisse des Wassers und des Lichts, das sich mit dem Dunkel vereint, wo ich die Melodie bin, mit der alles beginnt, die Gebärmutter, die mit Milch gefüllten Brüste, die Erde, die aus tiefem Schlaf erwacht: Warum kann ich dann nicht geboren werden? Wo ich doch all das bin und zugleich ich selbst: Warum gehört mir dann nichts in mir drin, nicht einmal der Schmerz? Wo es doch tausend Jahre gedauert hat, bis ich aus Legenden, Bildern, Begriffen und Sprachen entstanden bin: Warum habe ich dann bis heute keinen Ort und kein Wort gefunden, in dem ich sein dürfte? Wo doch unter dem Himmel nichts Neues zu sagen ist und jeder Satz, jeder Vers, jede Geschichte schon unzählige Male ausgesprochen wurde: Welches Schreies Echo bin ich dann? Welches Schweigens? Wäre ich der Mond, der endlos stirbt und wiederaufersteht, der aus dem Nichts geboren wird, wächst und die Wasser der Ozeane hinter sich her schleift, wie könnte ich dann das Weite und das Ende so gut kennen?

Wo doch meine Kraft für die Hölle reicht … Was besiegt mich dann stets?

Das Warten

I

Warten. Auf den Jüngsten Tag, den Messias, auf von der Grenze zurückkehrende Boten, auf das Schmelzen des Schnees, auf besseres Wetter … Auf das erste Zucken des Ungeborenen, auf einen Ruf, ein Gerichtsurteil. Auf das Ende der Stunden, den Schlaf, die Wiedergeburt. Auf ein Wort, das – in die Leere geworfen – diese in ihrer Gänze durchmisst und sich in tausendfachen Glanz verwandelt.

Mein Körper sackt auf das lakenlose Bett, als würde er zu Boden sinken, doch sogleich springe ich wieder auf. Sehe auf die Uhr. Blicke prüfend auf mein Handy. Bevor das Lied zu Ende ist, spiele ich es noch einmal von vorne ab. Ich zünde mir eine weitere Zigarette an. Greife wieder zu meinen Amuletten und erschaudere, wie zerbrechlich sie doch sind. Ein Gesicht, das dem meinen nicht mehr gleicht, schminke ich, damit es ihm noch weniger gleicht, dann wische ich alles wieder ab.

Ist etwa das meine Art, mich zu lieben? Dass ich mich noch schlechter behandle, als Gott es tut?

»Worauf warten wir hier alle zusammen?« Auf alles und nichts. Auf wärmere, auf kühlere Zeiten, auf die schönsten Jahre unseres Lebens, auf die Barbaren, auf Kommende und Gehende. Auf ein Wunder. In meiner müden, verbrauchten Stimme scheint sich ein uralter Schmerz ausdrücken zu wollen, gleich einer vor langer Zeit vergrabenen Gebärmutter. Schweigend falle ich von einem Wort ins andere, erlebe meinen Körper jedes Mal wie einen Fleischklumpen zwischen Leben und Tod.

Ich gehe zwischen den Wänden hin und her, zwischen Wänden und Spiegeln, Spiegeln und Fenstern, und finde immer einen Vorwand, um auf die Straße zu sehen. Steht an der Ecke ein Fremder, fühle ich sofort Hass in mir emporsteigen, denn nichts lindert das unerträgliche Gefühl, mit mir selbst eingesperrt zu sein, alles gleicht tosendem Wasser, das an einen Felsen prallt: die Augenblicke, die Sätze, die Melodien. Ich reiße ein neues Päckchen Zigaretten auf. Könnte ich doch bloß ein wenig schlafen! Selbst das Bett verschmäht mich, und die Gegenstände, die mir in meiner Einsamkeit Gesellschaft leisteten, wenden sich frech von mir ab. »Wann kommt er zurück? Frage nicht!« Jeder Augenblick ist wie ein Nadelöhr, durch das ich hindurchmuss, ich, mit meiner langen Vergangenheit, meinem Durcheinander an Identitäten, einmal, und dann noch einmal, und ein ganzes Leben lang. Ich bin ins Jetzt gepfercht, in eine mühselige, eifersüchtige, schwere Zeit. »Du musst schlafen«, sage ich mir, »du musst vom Fenster weg.« Ich gehe auf und ab, hin und her, doch mein Körper vermag die Stunden nicht auszufüllen; nur wenn er sich in eine steinerne Statue verwandelte, könnte er der gierigen Zeit gerecht werden; es wäre dann viel leichter, auf jemanden zu warten, von dem man weiß, dass er nicht kommt; »Sei stark«, sage ich mir. Nein, nicht jetzt. Jetzt ist jedes Wort, jeder Augenblick, jedes an der Ecke auftauchende neue Gesicht, jeder Spiegel, in den ich blicke, nichts weiter als eine leere Schablone, geformt aus deiner Abwesenheit. Nein, nicht jetzt, später werde ich stark sein!

Wie lange dauert es, in den harten Felsen des Gedächtnisses einen Platz für sich zu fräsen? Wie lang kann dieses Warten dauern? Wie viele Wörter braucht es noch, damit ich in eine Zukunft geboren werde, die ich nicht ersonnen habe, und sie auch nicht mich?

Wie viel Zeit verbleibt mir noch?

II

Dann kamen sie. Allein, zu zweit, aus allen Richtungen, schwerfällig wie im Traum. Aus Höhlen, Tälern, Albträumen, aus Untergründen auftauchende Frauen. Sie schwankten, stützten sich gegenseitig, schienen jeden Schritt zu zählen. Die Gesichter aschfarben. Gehüllt in lange, zerrissene Gewänder, in Fetzen. Die eine auf Krücken gestützt, die andere auf einem Rollbrett, die Dritte mit einem Stirnverband, einer Dornenkrone gleich. Sie taten, was sie konnten, um ihre Wunden nicht zu offenbaren. Dem Ruf der Glocken folgend, versammelten sie sich wie scheue, fremde Schatten. Als wären sie dem Messer ihrer eifersüchtigen Herrin entronnen, dennoch in unsichtbare Ketten geschlagen, Schimären einer Nacht der Körper. Sie schritten voran wie ein Wasserlauf, der sich seinen Weg in eine unendliche Wüste bahnt, und hinterließen eine karge Spur. Abgefallene Wundverbände, Menschenhaut, bis zur Konturlosigkeit abgenutzte Gesichtszüge. Wie Hüllen abblätternde Biografien. Und Blut. Schmutziges, da aus tiefstem Herzen quellendes, nach wilden Rosen duftendes Blut.

Sie stellten sich an einer Treppe auf. Als versteinerten sie plötzlich. Wie Statuen, die jeden Augenblick umgestürzt werden konnten. (Da Stein so reglos, so widerstandsfähig und geduldig ist, vermag nur er des Menschen Seele aufzunehmen und sie selbst nach tausend Jahren wieder abzugeben.) Mit ihren im Abendlicht erröteten, gefurchten, verschatteten Gesichtern sahen sie aus wie Kommas, die man aufs Geratewohl in einer Geschichte über die Ewigkeit gesetzt hatte. Wie Noten einer Melodie, die nie erklang, und wenn doch, so würde der Erdboden sich mit Asche bedecken und eine nie endende Dunkelheit hereinbrechen. Nichts konnte so entsetzlich sein wie das Auflachen einer Frau, die Beine vom Wundbrand zerfressen, oder der Satz, den sie einer Freundin ins Ohr flüstert und der jene dazu ermuntern soll, durchzuhalten, weiter zu sehen und weiter zu warten.

Und sie warteten. Stumm, geduldig, reglos. Ihre dunklen Pupillen hatten gelernt, nicht zu sehen, was war, sondern vielmehr, was nicht war, und blickten so auf die verlöschende Welt. Überließen sich immer mehr dieser nach langem Kauen ausgespuckten, von der Zeit zerfetzten Existenz, diesem Warten, dem Schweigen der Glocken …

III

Als es dunkelte, erschien er. Er war sehr jung, sehr groß und makellos gebaut. Er hatte kräftige, angespannte Muskeln, in einem Zopf bis an die Taille reichendes Haar und trug Sandalen so weich wie die Wege des Himmels. Abgerundet wurde sein Auftritt durch den nicht zu verbergenden Glanz seiner Augen, wie er nur Kindern und Unsterblichen zu eigen ist. Erst zündete er die Fackeln an, eine nach der anderen, dann schluckte er, eine nach der anderen, ihr Feuer. Ich streckte meine Hände vor, die das Feuer oder die Dunkelheit nicht stehlen, sondern nur berühren wollten. Auf einmal gerieten wir Frauen in Bewegung, drängten schreiend auf ihn zu, um ihn zu berühren, zu halten, zu packen, zu zerpflücken. Mit der Erinnerung unserer Hände umfassten wir seine unsterbliche Jugend wie Grabsteine. Unsere Augen füllten sich mit heißer Glut. Unsere Körper, durch sämtliche Kriege gegangen, unterlagen erneut der geheimnisvoll feurigen Herausbildung des Nichts.

Ein weltgeborenes Herz

So stehe ich nun an der Schwelle zu einem neuen Leben und schnitze ein weltgeborenes Herz heraus. Es hat so viele Jahre inmitten von Menschen und Schlachthöfen hinter sich, hat sich auf Brachen von Wurzeln und Gestrüpp ernährt ... nach den Strömen von Begierde und Furcht.

Ein faustgroßer, müder Muskel, der nackte Kern der Seele. Eine Handvoll Blut. Blut, Schatten, Lehm, ein Brunnen. Die Schlag für Schlag zählbare Kammer der Zukunft, das Pendel, das zwischen Anfang und Ende schwingt, das zitternde Glied der Kette, mit der ich an meinen Körper gebunden bin. Ich bewege es zwischen meinen Fingern, eine Glaskugel erscheint, die Bilder einer weißen Welt, mit Blut durchwirkt, mit der Signatur des kühlenden Atems.

Auch er steht da, an der Schwelle zum Jetzt. Silbe für Silbe sticht er mich mit den rostigen Schneiden der Buchstaben aus dem braunen Boden. Wie ein Betrunkener sein Glas, schüttet er mich auf die Welt aus und merkt gar nicht, wohin und wie.

Was fehlt

Als meine Mutter mir zum ersten Mal in die Augen sah, erblickte sie in einer kleinen schwarzen, von einem blassblauen Ring umgebenen Kugel den schiefen Widerschein ihres eigenen Gesichts. Sie stand am Anfang ihres Lebens; ob sie da wohl meinte, dieses würde jetzt erst richtig beginnen, oder fühlte sie sich eher so fehl am Platz wie ein Punkt mitten im Satz? Wollte sie lieber auf der Stelle davonlaufen oder sich eher den runden, öden, verschachtelten Welten überlassen, so wie man sich dem Wasser überlässt?

Mag sie auch nicht den Schmerz des Messers gespürt haben, das mich von ihr trennte, so zumindest seine kalte Klinge. Oder war dies vielleicht der Moment, in dem das Leben, das so viel von ihr gefordert und ihr so wenig zurückgegeben hatte, plötzlich bis in die letzte Faser hinein voller Bedeutung war, sich mit einem Sinnversprechen erfüllte. (Wie Licht und Schatten folgen Leben und Tod aufeinander, Schicksal und Mensch.) Sie fühlte wohl, dass das Leben, das aus Anfang und Ende besteht und immer wieder neu anfängt und endet, auch ohne diese Wiederkehr unerbittlich sein kann, und darauf schloss sie die Augen.

Ihr langer, herber, unfertiger Blick ist mir geblieben wie ein Muttermal. Ein mit jedem Wort erneuerter, variierter, widerhallender, sich verbreitender, anwachsender, nie endender Abschied.

Um nicht zu schreien

Von den blutbeschmierten, verendenden Wörtern kriecht eines auf mich zu. Als würde es einen zusammengezimmerten Sarg schleppen, trägt es schwer an meinem zukünftigen Ich und legt mir dieses stille Kind auf den Schoß. Mit eiskalten Händen klammert es sich an das Eisengitter des Gedächtnisses und presst mit aller Kraft die Zähne zusammen, um nicht zu schreien, nicht jenes eine Wort hinauszuschreien, das es schreien möchte.

Das Wort, das in der Dunkelheit seinen Weg finden, widerhallend verklingen und ohne Entgegnung bleiben wird.

Der Kindheitswald

Am Himmel sammeln sich Regenwolken, und auf meinen Kindheitswald senkt sich früh die Nacht herab. Ich schreite auf dem schwammigen, modernden Boden dahin, der aufgeschwemmt ist wie ein Kindersarg, und folge dabei den Wegen, die das Wasser sich grub. Nur mühsam, wie ein Vogel, der gegen den Sturm ankämpft, komme ich vorwärts. Ich taumele, stolpere über Wurzeln, halte mich an Disteln fest. Bei jedem Schritt besudele ich mich mehr mit Schlamm.

Im Aderngeflecht des Waldes ziehe ich meine Kreise. Wie ein Lichtpfeil in dieses unförmige Gewirr hineinzutauchen, in dieses Magma aus Erde und Dunkelheit, aus Dunkelheit und Nacht, gelingt mir nicht. Ich muss mich verteilen, verzweigen, in jeden Riss eindringen, mich unter die Toten und die Lebenden mischen. Und wenn ich mich nicht tragen kann, muss ich mich eben zurücklassen.

Nacht, Halbmond, Nieselregen. Ein dichter, endloser Wald, aus dem es kein Entkommen gibt. Im dunklen Glanz der lebendigen, vielschichtigen Finsternis suche ich meinen Weg. Lange nackte Zweige umfangen mich und ziehen mich in ihre nassen, moosbewachsenen Arme. Tausende von Knochen, Händen, Ästen, Zweigen umfassen meinen Körper, greifen nach meinen Muskeln, meiner Haut, meinen Adern, reißen mit ihren scharfen Nägeln das Unsichtbare aus mir heraus und verleiben es ihrem Gewebe ein. Die Bäume, zu Urzeiten bei ihrem Drängen in die Tiefen des Himmels und der Erde abrupt erstarrt, geraten wieder in Bewegung. Wie Tote, die ein unterbrochenes Gespräch fortsetzen. Jeder Zweig ein Angriff, Tod und Leben haben ihre Schwerter gezückt. Die Leere wird herausgefordert, man stellt ihr Fallen. Riesige Schädel schütteln sich, dass die Haare fliegen, »Nein, nein!« Zwischen den Knochen leuchten Tausende phosphoreszierende Augen. Vor mir, hinter mir, außer mir, überall regt es sich silbrig. Stellenweise leuchtet das Gesicht des Waldes auf wie die von Rissen durchzogene abgestreifte Haut der Nacht. Zwischen den bläulichen Schatten fährt ein erstickender, fürchterlicher Atem umher, als suchte er etwas Verlorenes; vielleicht ist er selbst auf der Flucht. Die Tore der Dunkelheit schlägt er hinter mir zu wie riesige Fächer.

Mein Körper, noch zu klein für die windigen Wege, für die Schritte im nächtlichen Wald, von der Last der Vergangenheit noch nicht beschwert. Ich bin ein Zapfen aus Fleisch, rolle zwischen Bäumen, die von den Jahrhunderten gezeichnet sind. Durch die Jahre, durch Jahreszeiten, durch Stürme haben die Bäume sich Ring um Ring erweitert, durch die Andenken und den Samen des Lebens, das sich öffnet, sich verschließt, sich wieder öffnet. Mit ihren in tiefste Tiefe hinabreichenden Wurzeln greifen sie nach der unterirdischen Welt, saugen sie aus und spucken das Gesogene hinauf ins Leere. Der Dunkelheit des Himmels mengen sie die Dunkelheit der Erde bei. Hier stehe ich, auf moosigem, rutschigem Boden, unter einer Decke aus verrottendem Laub. Ich habe mich verlaufen. Weine angstvoll. Ganz leise. Bin von oben bis unten verdreckt. Alles klebt an mir, ein übel riechendes Gemisch aus

Waldsäften, flackernden Lichtern, gejagten Schatten, Toten. In mir fließt der Schmerz einer alten Einsamkeit, der Schmerz über ein unvollendetes Leben, und er ist stärker als die Furcht. Was für immer von mir geht, trägt er hin zum noch nicht Geborenen; was gelebt und vollendet ist, vermischt er mit nicht Verwirklichtem; und Unvergessliches schleift er genauso fort wie nie Erinnertes. Reglos stehe ich da, so wie ein Knochen aus zerrissener Haut spitzt. Ein schwerer, dunkler Tropfen, dicht wie die Nacht, doch geweint werden kann er nicht. Der Regen füllt meine Augen und setzt seinen Weg fort.

Erst begreife ich nicht, ist es ein Murmeln? Ein Flüstern? Ein Flügelrascheln? Es mischt sich in das Rauschen des Regens, hält inne, mal kürzer, mal länger, hebt wieder an, beginnt von Neuem. Hallt in mir, verkörpert sich in mir, wird zur Melodie. Dumpf und unselig wie ein Eulenschrei, und doch auch beruhigend. Wie einem das zuerst gehörte Lied den ganzen Tag im Kopf umhergeht, hängt jene Melodie an der Kehle der Welt. Wie Nebel zieht sie durch den Wald, wischt alle Schatten fort. Die Bäume werden zu leiblosen Seelen, bemühen sich nicht mehr um Menschengestalt, greifen Zweig um Zweig ins Leere. Vielleicht ist es die Melodie der Erde, die den Platz ausfüllt, den ein gelebtes Leben hinterließ, vielleicht das Liebeslied eines jungen Toten, das abbricht, ohne einen Namen zu rufen, vielleicht auch das lange Gebet eines kleinen Mädchens, das der Nacht ins Auge blickt.

Ich weine. In einer anderen Welt könnte der Schmerz in mir vielleicht zu Wort kommen, so wie Zweige zur Blüte. In einer solchen Welt, entstanden aus dickflüssigen Tränen, aus Furcht und aus Träumen, würden Melodie und Stille sich vereinigen. Eine einfache, echte Welt dies, der ich mir sicher bin, und in der alles seinen Anfang und sein Ende hat.

Wenn es so weit ist, wird der Wald mich austreiben wie einen Splitter und mich fortan nicht mehr kennen. Meine Spuren darin werden rasch überwachsen. Mein Leben lang werde ich in der Stille eines verlorenen Waldes wandeln, an den Grenzen des einzigen Ortes, an dem ich sein kann. Wieder und wieder werde ich mich suchen, und wenn ich mich finde, werde ich mich erneut aufgeben müssen, um zurückkehren zu können. Im nächtlichen Wald ein schwerer, dunkler, dichter Tropfen, der nicht erzählt werden kann.

Ein langer, nackter Ast

Vielleicht kehre ich eines Tages zu dir zurück. Setze mich im Mondschein auf einen langen, nackten Ast. Ein kohlefarbenes Juwel, das im Dunkel leuchtet. Die Flügel erlahmt vom langen Wanderflug in den Wintern des Gedächtnisses. Der trockene, sandverschmutzte Schnabel pickt sanft an deinen Schlaf, lässt deine Lider erzittern, erreicht selbst den ausgedehnten See deiner Träume. Im Morgengrauen verlösche ich. Über deinem Gesicht bleibt nur ein dunkler Schatten. Eine Melodie vielleicht, an deiner Zungenspitze, ein Name, der dir entfallen ist, ein Satz, den du nicht zu Ende sprachst. Ein unbestimmtes Ziehen, der Reue ähnlich, der Schmerz der Gespenster.

Aufbruch

Sich auf den Weg machen … Der starke Nordwind erfüllt dich mit der Sehnsucht nach dem offenen Meer. Du drückst eine halb gerauchte Zigarette im Aschenbecher aus, leerst die Gläser, wirfst die Reste vieler Jahre in den Müll. In aller Eile verpackst du die Augenblicke, die bunten und die weißen, das Gelebte und das Ungelebte, legst das Rot einer Korallenkette neben einen längst vergangenen Sonnenuntergang, wickelst das Dunkel der Nacht in Spitzentücher. Alles Überflüssige aus deinen Taschen wirfst du fort, als würdest du ein Netz voller zappelnder Fische zurück ins Meer schleudern. Mit einem Mal verzichtest du auf das, was dich ausmacht, auf all die Dinge, die deine Einsamkeit umgeben. Und als zögest du in einen wirklichen Krieg, verabschiedest du dich kühnen Blickes. Von allem, auch von deinem Gesicht im Spiegel ...

Warum du gehst, weißt du selbst nicht. Du gehst einfach. Du atmest tief ein, gehst durch die riesige, unsichtbare Tür, und es ist, als würde die Welt mit dir gehen. Nichts hatte dich gerufen, weder eine Stimme noch die Stille. Du drehst dich um und siehst auf deine Unzufriedenheit, die du zurücklässt wie ein schlafendes Baby in seinem warmen Bettchen. Dein Blick wandert in der Zeit von einem Anfang zum anderen, auch er scheint nicht zurückzukehren. Um diesen einen Schritt zu tun, war es weder nötig, viel zu lernen und wieder zu vergessen, noch viel zu sammeln und es wieder zu verlieren. Mit drei, höchstens vier, lerntest du zum Beispiel von deiner Mutter, dir die Schuhe zu binden, einen Schritt vor den anderen zu setzen, zu warten, eine Frau zu werden und so spurlos zu wandeln wie eine Katze, die sich auf den Tod vorbereitet. Gleich Bäumen, die geduldig das Licht des Tages sammeln, die Regentropfen, das stille Aufplatzen Tausender von Samen, um nur einen einzigen Zweig zum Blühen zu bringen, so hast du viele Jahre angesammelt, viele Leben, viele Abschiede. Um in diese Nacht hinauszugehen, die allen anderen gleicht. Nichts ruft dich. Aber es hält dich auch nichts auf ...

Du betrittst die unheimlichen Wege der Nacht, ihr dunkles Rot. Von einem langen Schlaf bist du in ein Dunkel erwacht, in dein verspätetes Schicksal. Der Horizont, auf den du deine Blicke richtest, ist frei erfunden, und vom Meer weht der Wind so steif, dass all deine Tränen trocknen. Die Türen der Vergangenheit fallen lautstark ins Schloss. Du gehst allein dahin, beschwingt und leicht wie eine Sternschnuppe. Mit jedem Schritt wirst du schneller, wirfst dein altes Ich von dir, Bilder, verheilte Wunden, letzte leere Sätze. »Halt dich fest!«, sagst du zu deinem Herzen, in dieser fremden, gemusterten, runden Welt der Menschen. »Halt dich fest!« Der Gehsteig hallt von deinen Fersen wider, dir folgt dein allzu langer, stiller Schatten, vom harten Pflasterstein schmerzen deine Knie. Der Pflasterstein zwischen Mensch und Erde, zwischen Erde und Nacht …

Am Anfang einer steilen Straße hältst du inne und holst Atem. Unter den Judasbäumen und dem schlaflosen nördlichen Himmel. Du stehst da wie vor einer Weltkarte, die du auswendig kennst: blutrote Grenzstriche, bunte Länder, ein so blauer Ozean, wie kein echtes Meer blau sein kann …

Die Welt saugt sich voll mit dem Atem der Nacht, erlangt auf diese Weise ihre wahre Form, eine Farbe zwischen Melancholie und Freiheit, und wird dir zurückgegeben. Vollkommen fremd ist sie nun, vollkommen wundervoll! Die Nacht ist kristallen, schillernd, berauschend, feucht. Deine Augen, die du leerst wie einen Aschenbecher, erfüllt sie mit glänzender Dunkelheit, mit deinem gefährlichen Funkeln, ähnlich dem Wunsch zu sterben. Du willst, dass deine Schritte von nun an dir gehören, willst Geheimnisse erkunden, in Geschichten eintauchen, Zeuge von Wundern werden. Einmal wenigstens, nur dieses eine Mal, wird auf dich warten, was dir sonst davonläuft, wird dieses Dunkel dich nicht verraten. Du willst eins werden mit der Nacht, die Steine herausfordern, wie eine dem Spinnennetz entronnene Fliege die Flügel ausbreiten, durch Lichttäler taumeln …

So bewegst du dich vorwärts, auf Straßen, die langen, in leere Zimmer führenden Korridoren gleichen, zwischen den dämmrigen Leibern der Stadt, die in die Dunkelheit stoßen wie Dolche und sie damit noch greller beleuchten. Über Steine, die zur Lüge wurden, da alle Geschichten über den Menschen auf sie prallten. Ohne Ziel, ohne Zweck, ohne Maß, ohne Gestern, ohne Morgen. Du trägst die Einsamkeit wie einen gut sitzenden Anzug. Gehst an Wänden entlang, blickst auf Müll, auf den Gehsteig, manchmal auf Menschen, manchmal auf die Leere zwischen ihnen, und wendest dich mal Worten, mal dem Schweigen zu. Dein Blick hat sich an das Dunkel gewöhnt, fischt aus dem Matsch ein Blatt, liebkost ein Kätzchen, streichelt einen angstvoll gekrümmten Rücken, hebt das Gesicht eines nach vorn gebeugten jungen Mädchens, damit ihre Augen die deinen sehen oder den Horizont. Als hätte ein Wärter nach und nach sämtliche Türen versperrt, sämtliche Lichter gelöscht. Du aber bist schon viele Jahre in den geschlossenen Lidern der Welt unterwegs und gegen Türen daher immun.

Das Leben, dem du bisher nur lauschtest, erstreckt sich plötzlich vor dir, in Blickweite, und wartet. Du weißt noch nicht, wie du es ansprechen sollst. Es erfüllt dich eine Hoffnung, die mit der Zukunft nichts zu tun hat, eine Hoffnung, die aus der Wut erwächst, aus der Finsternis, aus dem Wunsch, zu rebellieren und nicht mehr zu existieren. Mit deiner wild entschlossenen Einsamkeit stellst du dich den Menschenmassen entgegen, deren Herkunft und Ziel du genau kennst. Ohne einander zu berühren, wandeln sie auf den gleichen Wegen dahin, warten an den gleichen Haltestellen, markieren penibel die zurückgelegten Strecken. Ohne einen sonderlichen Preis dafür zu zahlen, nagen sie langsam an der Nacht, die sie sich zu eigen machten. Du trittst hinter die Scheibe, ins grelle Licht, mischst dich zwischen die Menschen, die sich zu jedem erreichbaren Lichtstrahl flüchten, um der Tiefe des Unsichtbaren zu entgehen. Die Männer reden, als hätten sie die grausamsten Kriege der Welt gewonnen, wie blinde Jäger zielen sie in jede Richtung. Die Frauen hingegen klammern sich an alles, an ihre Taschen, ihr Kleingeld, ihre Männer, an alles, was sie vor der Nacht in einer unheimlichen Straße beschützen kann. Du ernährst dich von vollmundig ausgestoßenen Wörtern, die an dein Ohr schlagen, während sich Möwen an den Resten der Stadt gütlich tun. Gelächter zuckt unter dem Neon dahin und trifft deinen

Rücken. In all der Freudlosigkeit, und nicht einmal die gönnen sie dir, das spürst du genau, wirst du immer unsichtbarer und verlöschst, bis du schließlich nichts mehr bist als ein Blick.

Da kehrst du um. So wie du nicht weißt, warum du dich auf den Weg gemacht hast, weißt du nun auch nicht, warum du zurückkehrst. Weder eine Stimme hat dich gerufen noch die Stille. Dich hält auch keiner zurück. Vielleicht hast du die Nacht wie durch eine Lupe gesehen, voller Risse und Pusteln. Die Nacht ist auch nicht dein, ist es nie gewesen. Von deiner Freiheit befreit dich möglicherweise die Angst, dich im Dunkel aufzulösen, zu einem Klumpen zu gerinnen und so schwarz zu werden wie die Pupillen der Nacht. Oder dieser seltsame Wunsch, der so plötzlich auftaucht wie Blüten auf einem Teich. Du willst bleiben, wo du gerade bist, in diesen leeren Straßen, willst auf das nasse Pflaster sinken und nicht wieder aufstehen. Neben die zwei alten Männer, die dort Schulter an Schulter sitzen. Die beiden sind so unterschiedlich wie Tag und Nacht, und dennoch spürst du, es sind Brüder. Der eine ist zerlumpt, grobschlächtig, blickt finster drein; aus seinem mächtigen Vollbart blitzen lediglich die im Dunkel wie Feuerbälle glänzenden Augen. Er hat nur ein Bein, das er ungeniert, fast stolz, auf dem Gehsteig ausstreckt; daneben liegen seine Krücken. Der andere ist schmächtiger, weißhaarig, frisch rasiert und gut gekleidet. Mit vergeistigter Miene spielt er Flöte und sieht dabei von seinem Instrument kaum auf. Es ist eine monotone, herbe Melodie, wild, aber doch unglaublich menschlich, unglaublich frei von Wut. Du stehst in der eiskalten Nacht, gefangen von diesen dumpfen Flötentönen, die an einen einsamen Schrei gemahnen. Hast alle Straßen verloren, alle Wege, alle Städte, alle Meere. Wie viel du in deinem kurzen Leben doch schon verloren hast, selbst das Besitzen und das Verlieren. Du holst dein letztes Geld aus der Tasche und legst es in ein Schüsselchen vor dem Mann nieder. Der Einbeinige dankt dir auf innige, kindliche Art, wie du es von ihm nicht erwartet hättest, während der andere ungerührt weiterspielt. Du beugst dich zu dem Flötenspieler vor und merkst, dass er blind ist. Vielleicht erschließt sich dir der Sinn jener Nacht aus dieser von alters her überlieferten, unvollendeten Melodie.

Wie ein Dolchstoß durchfährt dich eine Sehnsucht. Deine Haut ist wie ein Aufruf, der selbst im stillsten Augenblick alle anderen Stimmen übertönt. Mit lautlosen, immer schneller werdenden Schritten entfernst du dich, rutschst gleichsam auf Zehenspitzen dahin. Du sehnst dich nach einer Hand, die dir die nachtfeuchten Haare zurechtstreicht, nach einem Atem, der in dich hineinfährt, dich erwärmt, erquickt, dich zu dir bringt, nach einem anderen Blick, der den deinen vom Boden erhebt und ihn zum Horizont leitet. Nach diesem einzigen Blick, der allen Wegen, auf denen du gehst, einen Horizont verleiht. Du hast lange genug ins Dunkel gestarrt, um zu sehen, dass jenseits eines eingebildeten Horizonts nichts anderes liegt als eine große Leere. Vielleicht bist du nichts als müde geworden und hast gefroren. Du möchtest die Jacke ausziehen, die nach der Stadt riecht, möchtest dich in den Sessel fläzen, der deine Körperformen kennt, möchtest deinen Tee trinken. Und erzählen. Auf deiner Reise hat sich nichts Berückendes oder Haarsträubendes ereignet, weder hast du ein Wunder noch ein Verbrechen erlebt, und dennoch möchtest du von der Nacht erzählen, aus der du kommst, sie dir durchs Erzählen zu eigen machen. So wie man aus der Tasche ein verschmutztes Blatt oder ein Katzenjunges hervorholt und jemandem zeigt. Man sammelt an Steine prallende Laute, Augenblicke, Bilder und verwandelt sie in Erinnerungen, Geschichten, eine Biografie …

Du hast genug verloren, um einzusehen, dass kein einziger Schritt mehr dir allein gehört, dass du im granitenen Antlitz der Nacht keine Spur hinterlässt, dass du nur auf den Wegen eines anderen Körpers in die Zukunft gehen kannst. Du bist nun mutig genug, um jener Hand und jenem Körper einen Namen zu geben. Nur dieser Name kann den dunklen Klang der Flöte mit der unsterblichen Melodie vereinigen, den Duft des erblühenden Judasbaums mit dem schlaflosen Himmel des Nordens, die Geschichte der Bäume mit der der Menschen, die Nacht eines Blinden mit der deinen. So wie er die Blicke der unter den Neonlichtern versammelten Frauen mit denen der Männer vereinigt. Er zieht aus deinem Herzen einen Anker und wirft ihn in das glänzend blaue Meer, das aus Worten und aus Gelächter besteht. So wie eine Hand, die eine von ihr selbst geschlagene Wunde heilt, wie ein Schlüssel, der eine von ihm selbst verschlossene Tür öffnet, rettet er dich aus der Finsternis, in deren Labyrinthen du umherirrst, aus der wahren Nacht der Menschen, dem wahren Ruf der Melodie, der du auf dem nassen Pflaster in alle Ewigkeit verfallen bist. Mit deinem muschelförmigen Schlüsselbund stehst du vor der Tür. Du saugst den Atem der Nacht ein, und um ihn ganz in dich aufzunehmen, trittst du ein. Im Spiegel empfängt dich dein Gesicht, das den weißen Nächten gleicht …

Er ist verschwunden. Hat seine nur angerauchte Zigarette im Aschenbecher ausgedrückt, hastig Jacke, Schal und Tasche an sich genommen und ist noch lange vor Sonnenaufgang davon. Ein zusammengeknülltes Zigarettenpäckchen, im warmen Zimmer ein leeres Glas, ein an die Tür geklebter Abschiedszettel. Letzte leere Sätze, die dich anfassen wie Eisblöcke, erst nach Jahren in deinem Gedächtnis schmelzen und ihre wahre Bedeutung gewinnen. Dein Leben löst sich auf, wie ein Pullover sich durch eine einzige offene Naht auftrennen kann. Zwischen der Straße, die dich nicht zurückhält, und deinem Haus stehst du armselig da wie eine leere Muschel. Und du denkst dir, dass er dich an genau dieser Stelle wiederfinden wird, an der er dich verlassen hat, auch wenn er erst Jahre später zurückkehrt. An dieser kleinen, unüberwindbaren Schwelle ohne Wiederkehr. Wie das letzte Komma eines abgebrochenen Satzes,

Der lange Weg der Wörter

Still und leise nähern sich die Wörter der Nacht, als wollten sie die Rundungen des Schlafes nicht stören. Wie Ballerinen durchtanzen sie den Schlaf der Menschen auf Zehenspitzen. Die Nacht der Menschen und des Blutes, des Meeres, der Erde und des Hungers. Über der Stille lugt schäumend die Ewigkeit hervor. Durch endlose Straßen sind die Worte gezogen, über die brennenden Wege der Hölle, über die von den Abendschatten beschwerten schmalen Brücken des Lebens. Durch die bleivioletten Nächte und die milchweißen Morgen des Fegefeuers. Durch Legenden, Schlaflieder, Totenklagen, Namen, Testamente, Grabsteine. Jetzt durchziehen sie meine Nacht wie erloschene Kometen und schleppen dabei an der Last einer Welt, die tausendfaches Schicksal vollendet hat …

Abschied

Da erscheint an der Tür meine Mutter, im bis zu den Knöcheln reichenden Nachthemd, das Gesicht sehr bleich, als sei sie aus langem Schlaf erwacht. Sie ist noch jung – jünger gar als ich.

»Er ist fort, nicht wahr?«, fragt sie.

»Woher weißt du das?«

»Ich habe ja …« Sie beendet den Satz nicht, fängt ihn nicht einmal richtig an, sondern öffnet die Hand. »Das hat er zurückgelassen.« Es sind drei kleine weibliche Gipsfiguren, unterschiedlich groß, ansonsten völlig gleich. Drei Frauen mit geschlossenen Augen, einst wohl milchweiß, aber mit der Zeit vergilbt. Dünn und zerbrechlich. Die größte ist etwa handgroß, mit engelsgleichen Zügen, kann aber den Schrecken in ihrem Gesicht nicht verbergen. Die zweite liegt ihr auf dem Bauch und ist verglichen mit ihr nicht größer als ein Baby. Mit blindem Blick sehen sie sich an. Die dritte und kleinste ist der Länge nach gespalten und klebt auf dem Rücken des Babys, mehr Buckel als Flügel. »Das sind mein Schutzengel und meine Seele, meine Sünde und meine Zukunft«, sagt sie. »Und das da, bin das etwa ich?«, frage ich und berühre die gespaltene Figur. Sie antwortet nicht, hat mich wohl nicht gehört. Als würde sie in einen alten, endlosen Traum zurückkehren, lächelt sie wie von ferne, ballt die Hand zur Faust und zerdrückt die Frauen.

Der letzte Satz: Wenn ich alles verloren habe, bleibt mir nur noch das Leben. Wie aber soll ich dich in einem so großen Leben wiederfinden?

ICH BIN VERBORGEN UND BIN ES NICHT

Gut, fangen wir an. Hier und heute. Lange nach dem Erlöschen von Licht, Tag, Kindheit … Nach so vielen Wörtern, Träumen, Jahreszeiten … Nachdem erhabene alte Wörter verloren gingen, Geschichten an der Stille zerbarsten, vergeblich vergossenes Blut verstummte. Halten wir inne, an einem beliebigen Punkt des bisher zurückgelegten Weges. Holen wir hier, an diesem Scheideweg des Augenblicks und der Jahrtausende, tief Atem und beginnen wir von Neuem.

Denn die Zeit ist gekommen, »ich« zu sagen, sie muss gekommen sein. Jemand tief in uns muss vortreten und dieses Wort für sich in Anspruch nehmen … Muss aus der Mitte seiner Wahrheit heraus sprechen und um das Wort eine klare Grenze ziehen. Muss auf die Tausenden von Bildern, Schicksalen, Morgen blicken, die er in leeren Händen hält, und »ich« sagen … Wie ein Aufblühen inmitten eines Sturms, ein jähes Aufflattern, ein plötzliches Lodern.

Und noch etwas anderes schien da zu sein. Eine Stimme, kaum gehört, schon zum Schweigen gebracht, ein Murmeln, ein Ruf … Da war weite Ferne, waren Wege, Urwälder. Buchstaben, die darauf warteten, in der endlosen Herrlichkeit des Weiß aneinandergesetzt zu werden, auf dass ihnen Atem eingeflößt werde … Vom noch Ungeborenen blieb eine Spur zurück, wie ein violetter Fleck, der erscheint und sich wieder auflöst. Ein für uns zurechtgeschnittener Körper war da noch, entstanden aus der Vermählung von Blut und Träumen. Ein nackter, volumenloser Körper. Himmel und Erde waren da, und dazwischen Bäume, Wege, Echos, eine abgebrochene Melodie, ein im Sterben Liegender. Ich schien eine Seele zu haben, langsam geknetet aus Ton, Schlamm und Schweigen, und geduldig nahm sie die Farben der Welt an.

EIN MÄRCHEN FÜR GALATA

Wo sind sie nur? Wie kann es sein, dass eine derart alte Stadt, die fast so viele Namen trägt wie Gott, kein Gespenst hat?

Verwinkelte, krumme, gewundene Gassen ... Enge, steile Wege ... Die unsichtbar gewordenen Mauern, die Galata, jenes an steilem Hang verwurzelte Viertel, einst neun Mal umgaben wie der Fluss Styx. Überreste. Geheimgänge. Passagen. Steine. Hartnäckig, widerstandsfähig, zerlöchert ... Raunende Steine, durch deren Ritzen man das Meer sieht, bis hin zum Horizont ... Zwischen den Steinen Schlamm und reglose Pfützen, die keinerlei Bild widerspiegeln. Doch zwischen all dem Staub und der Dunkelheit, der Verlassenheit und den Schatten, bewegt sich etwas sehr Lebendiges.

Hier vielleicht, wo stets die Stunden der Vergangenheit schlagen ... Wo der Turm, einsam glänzend wie ein erkalteter Stern, sich zum bläulichen Dunkel der Nacht emporschraubt ... Hier, wo die Stille des Himmels sich mit der Stille der Steine vereint, die grausame Ungewissheit der Zukunft mit den leeren Korridoren der Erinnerung – vielleicht schlägt hier der Puls der Zeit, den wir für Stille hielten.

In dieser Gasse wohnte ich einst. Es war der Ort, wo ich Unterschlupf fand, Atem schöpfte. Meine Herberge, mein Gefängnis, dessen Konturen rasch verschwanden. Ein nackter, kühner Feigenbaum, der im Strudel der Jahrhunderte seine Blätter verloren hatte.

Galata war immer fern, immer jenseits, immer das andere, das verlassene Ufer gegenüber ... Die von eigenen Mauern umgebene Kolonie, die ihre eigenen Götter anbetete, ihre eigenen Wunden leckte ... Ort des Exils, Zuflucht für Migranten, Getto, in dem tausend verschiedene Sprachen gesprochen wurden. Ein Hafen, in den Schiffe Gewürze und Sklaven schafften, von dem aus Soldaten und Händler ins Mittelmeer aufbrachen. Während Pestausbrüchen und zahllosen Belagerungen war Galata der Friedhof von Konstantinopel, aus dem es bei Nordwind faulig in die alte Stadt hinüberwehte. Ein monolithisches Auge, das seinen Partner verloren hat und stets nach Süden blickt ... Der verwitterte Spiegel der besiegten Stadt, der zu früh errichtete Grabstein ... Ein verwundeter Blick, nicht aber in die Zukunft gewandt, sondern in die Vergangenheit ... Eine so tief versunkene Vergangenheit, dass sie aus dem mit Ruinen gefüllten Gedächtnis des Meeres nicht mit dem Netz der Wörter herauszufischen ist ...

Es ist dies nun auch mein Blickwinkel, mit seinen Geheimnissen, seinen Versprechen, seinen gealterten Träumen ... Seinen Geschichten, die ich für die meinen hielt, seinen Niederlagen ... Seinen Jahreszeiten, Tagen, Nächten ... Seinen Winternächten, in denen sich die Gassen, unter dünner Schneeschicht, eng aneinanderdrängten und ich entsetzlich fror. Dann die dunstigen Frühlingsmorgen, die bis in alle Ewigkeit anzudauern verhießen. Jene Morgen, an denen der Tau im Trübsinn der Wirklichkeit verdunstete, einförmig und ungewiss wie ein Abbild des Lebens ... An Herbstabenden färbte der Himmel sich manchmal so unglaublich golden, dass ich dachte: »Ich muss wohl gestorben sein.« Oder: »Hier entsteht vielleicht eine ganze neue Art von Dunkelheit.« Der auf das Pflaster prasselnde Regen, der den Mondschein widerspiegelte. Die im blassen Glanz des Turmes schreiend ihre Kreise ziehenden klatschnassen Vögel, aus der Ferne herüberwehende Stimmen, die vertrauten Schatten an den Mauern, widerhallende Schritte ... Touristen, Süchtige, Illegale, blutjunge Diebe, niedergestochene Frauen, im Kreise gehende herrenlose Schritte … Menschen, die vergessen werden, aufleben, wieder vergessen werden … All die Leben, die hier waren, inzwischen längst vergangen sind und doch in meinem Herzen noch immer knackend sich regen, als wären es Eisberge … Der dunstige Horizont, der jeden Morgen ein neues Verschwinden verspricht.

In jenen versunkenen Häfen vielleicht, auf dem Pflaster, im Meer … Den Blick der eigenen verschwundenen Vergangenheit zugewandt, lauschen sie auf den Pfiff eines schmalen ablegenden Schiffes, auf die in tausend Sprachen gesungenen Liebeslieder der Matrosen … An einem Morgen wie ein Fegefeuer halten sie inne und lauschen, und können doch den Ruf des Meeres nicht von dem der Erde unterscheiden, und die Geschichte des Steines nicht von der des Menschen … Die Zeit gleicht einem Meister, ist von weither gekommen und geblieben und hat in die Felsen Türen gebohrt, durch die nur die Toten schreiten können …

Es gibt hier in jedem Haus einen Keller, und in jedem Keller einen Brunnen. In Höfen, die wirken, als hätte sie seit Jahren niemand betreten, öffnet sich plötzlich eine Tür, an einem Fenster erscheint ein müder Schatten und verschwindet sogleich wieder, anderswo erklingt aus der Tiefe eine Melodie, als käme sie aus dem Stein selbst. Sie erscheint einem bekannt, doch wüsste man nicht zu sagen, wie sie weitergeht … Die Menschen rufen einander zu, ihre Stimmen hallen in der Leere wider, das Echo erzeugt weitere Echos. Eingestürzte Häuser, leere Häuser, verlassene Häuser, und andere, die nur nachts bewohnt sind … Von erfahrenen Maurern gefertigte Steinhäuser, die schon viele Erdbeben und Brände überstanden haben. Verrostete Türen, längst ausgetrocknete Brunnen, von Tauben in Beschlag genommene Dächer, eine zwischen zerbrochenen Dachziegeln vorsichtig schreitende Katze, die Möwenschreie, die den Tag beginnen lassen und ihn auch beenden. An zwischen Häusern gespannten Leinen hängen Wäschestücke, körperlose, in sich ruhende Gespenster. Aus Gullys, Löchern und

Rissen dampft der Geist vergangener Zeitalter … In einem tiefen Atemzug richtet er sich auf, klammert sich an die Fußsohlen und die Knochen, kriecht das Rückgrat hinauf. Auch du gehst die Straßen entlang, an denen Festzüge und Särge vorbeikommen … Du gehst in endlos miteinander verknoteten Schleifen dahin, in geheimnisvollen, entsetzlichen, schmelzenden Bildern, in den verlassenen Windungen der Seele … In deinem eigenen gewöhnlichen, prächtigen Verschwinden … Es ruft dich die eine, dann die andere Stimme, ergreift von dir Besitz, stößt dich einen Abhang hinunter wie einen Stein, so rollst du zum Meer hinab; jegliche Vergangenheit schleift dich mit … In deinen Schritten wiederholen sich alte Legenden, zertrampelte Träume, aufgegebene Wege …

Diese Wege, diese Straßen, diese baumlosen Gehsteige sind die herzfarbenen Adern des Lebens, zu endlosem Schicksal verklumpt … Jeder Fleck auf dem Pflaster, jeder Blick, dessen Grenzen du nicht kennst, ist ein Anfang, dessen Ende du nicht kennenlernen wirst. Nächtelang wirst du unter erstarrten, dunklen Lichtern dahingehen … Galata liegt in einem Schlaf, der sich sanft verdunkelt, kalte Hände bedecken ihm ein Auge, tragen ihm die Träume des offenen Meeres zu, verheimlichen ihm bis zum Morgen die Öde der Gassen … Du gehst an verblassenden, windigen Abenden dahin, an achatfarbenen Nachmittagen … Im Schein von Mond und Sternen, auch im Tageslicht, das Galata zu dem macht, was es eigentlich ist, ein bloßes Viertel am Stadtrand … Wie leicht sind deine Schritte geworden, wie frei, dabei trägst du schwer an so viel Fluch, so viel Klage, so viel Abschied. Tief atmend richtest du dich auf und setzt den langen Marsch fort … Verwundert erkennst du deine eigenen Spuren, dein eigenes Bild. Du weißt nicht, was euch zusammengebracht hat, doch wird euch nichts mehr trennen.

Du gehst in den Gassen dahin, die einst dir gehörten. Du kommst an den Mauern vorbei, an denen sich in Pestzeiten die Leichen stapelten, betrittst Höfe, in den sich schmächtige Katzen tummeln, hältst vor Nischen inne, aus denen Heiligenfiguren gestohlen wurden. In diesem Haus wurde der Dichter geboren, der während der Französischen Revolution guillotiniert wurde. Genau hier, wo im achtzehnten Jahrhundert ein Uhrmacher wohnte, hat sich eines Tages ein Transvestit mit brennenden Feuerwerkskörpern in der Hand durch ein geschlossenes Fenster gestürzt. Das da ist die Straße, in der in jedem Jahrhundert einmal bei Vollmond das Gespenst einer ermordeten Frau erscheint. Dies der von den Genuesen aus reiner Einsamkeit erbaute Turm, der nur ein einziges Mal, vor tausend Jahren, von den Wellen erfasst wurde. Eine Zeit lang waren dort Galeerensträflinge eingesperrt, heute erklimmt man die Wendeltreppe und schraubt sich hoch. Hier herauf stieg, wer zum anderen Ufer hinüberfliegen wollte, nach Asien, aber auch, wer die Reise zu seinem letzten Ufer antreten wollte. Schweigend blickst du nach unten, auf die Straßen, die weder Spuren von dir noch von deiner Reise aufweisen, auf die Dächer, den Horizont … Den anbrechenden Tag … Du nimmst alle Schicksale auf dich, die sich hier gekreuzt haben, und gehst darin auf, erbarmst dich, allein und aufrecht, aller Lügen des Lebens und des Todes.

Würdest du an deiner Stelle zurückkehren? Um von welchem unbekannten Himmel zu berichten, welche Geschichte fertig zu erzählen? Um welcher Ewigkeit ein Ende zu bereiten?

Hier, in den Augen des Steins, geduldig ausgehöhlt von der Zeit, verfestigt sich ein fernes, sonderbares Bild; in den tiefen, leeren Augen ohne Widerschein ein aus purem Gold und Schlamm gewobener Traum. In der tausendfach zerbrochenen Schale wartet, gekrümmt, Galata … Einsam blickt es in die Ferne, an den dunstigen, verschwommenen, verführerischen Horizont, doch sieht es dort nur seine eigene Vergangenheit. Mit jenem Blick, der sich an alle Leben und alle Tode erinnert, an alle Geschichten und alle Niederlagen, alle Anfänge und alle Enden … und sie wieder vergisst. An nichts anderes mehr glaubt als an seinen eigenen unendlichen Traum. Jene alte Stadt, die – über seichte Wasser gebeugt – darin den faltigen Widerschein ihres eigenen Antlitzes sucht, wie ein Tropfen aus Achat, der an einem Auge hängt und nicht mehr ins unendliche Blau des Meeres fließen kann.

Du bist hier. Wo du erkennst, dass eine Rückkehr nicht nur Reue bedeuten würde, nicht nur Enttäuschung … Zwischen Stein und Meer, Licht und Schlamm, Anfang und Ende … In dem Hafen, in dem die Toten dir Abschiedslieder singen, damit du sie nicht wieder rufst … Wo du auf alle Stimmen lauschst, um auch deine eigene zu vernehmen, und alle Schreie der Welt auf dich nimmst, um noch einmal geboren zu werden …

DER ABEND DER WÖRTER

In manchen Augenblicken ist die Wirklichkeit wirklich. Und die Welt nicht irgendwo und nicht vergangen – nicht erdacht, nicht entworfen, nicht überwunden –, sondern einfach da. Sie zeigt sich. Als würde vor dem stumm wartenden Publikum der Vorhang aufgezogen. Aus allen vier Himmelsrichtungen wird die Bühne grell bestrahlt und ist allein, ist einzig, ist absolut. Als hätte ein Blitz gezuckt und der Nacht Berge und Bäume entrissen, bis hin zu den Regentropfen auf den Blättern. Als wäre aus deiner inneren Welt gerade dieses Wasser, dieser Himmel, dieser Zweig sorgfältig ausgewählt und dir vorgelegt worden. Und doch fühlt es sich an, als hättest du diese Ganzheit nicht verdient, hättest nicht die Kraft, sie zu betrachten, oder nicht genügend Leere in dir, und es überwiegt eine Furcht, die der Furcht vor dem Tod gleicht. Alles zerfällt, zerbröckelt, verwandelt sich in eine Form, die fortbesteht, in Einsamkeit, verschattet sich. In das dichte Gewebe des Lebens wird eine weitere Schlinge geknüpft. Als wäre dir eine Frage gestellt worden, doch der Frager wäre gegangen, ohne deine Antwort anzuhören. Nur das Licht bleibt zurück und sagt dir: »Mach weiter«, und sonst sagt es nichts …

Auf endlosem Kastanienbraun lange gelbviolette Lichtstrahlen … Reines Erz und Schlamm, ein Friedhof gewaltiger Vorstellungen, die Dinge von silbrigem Schein umgeben … Unter dem Licht das gärende, verrottende Leben, warm und rhythmisch wie der Puls-schlag … Dinge, Anfänge, Enden. So steht das Leben da, offen wie eine Hand, unbegreiflich, rissig, kalt wie eine Schlangenhaut, voller Spuren. Wie zum Beten geöffnet, oder zum Abschiednehmen. (Meine Hand dagegen ist über den Worten geballt wie eine Faust.) Mit ihren tiefen Linien, die die Einsamkeit formen, ihren nichtigen Konturen, die man Schicksal nennt … Grob hält sie dich in ihren dicken Fingern, redet dir ein, du seist eine Geschichte.

Dir wurde gesagt, das alles habe mit einem einzigen Wort begonnen. Sei aus einem einzigen Wort entstanden … Mit jenem Wort werde man zu den ersten Tagen zurückkehren, zu großen, prächtigen, endlosen, heiligen Tagen … Du wartest ab und hörst zu. Stundenlang, nächtelang, jahrelang stehst du am Fenster und lauschst den Straßen, den Menschen, den einer nach dem anderen zu Vergangenheit werdenden Tagen, dem Wort um Wort verge-henden Leben. Der Welt, die auf dein erschöpftes Feingefühl zusammenschnurrt, auf deinen schweifenden Blick … An ihren Ufern, unter dem Licht, stehst du wie ein benommener Lazarus und wartest auf die Vervollkommnung deiner Geschichte. Du tastest eure gemeinsamen Adern ab, bringst dein Blut dar, bettelst um ein Wort. Um unsichtbar zu bleiben, verwandelst du dich in die Farben der Welt, in eine andere Form, einen anderen Körper, in dem seine Stimme aufblitzt … Du erzählst. Hörst zu. Stundenlang, nächtelang, jahrelang … »Warum hast du mich verlassen?« Eine andere Frage, eine andere Geschichte hast du nicht.

Auf endlosem Kastanienbraun fliederfarbenes, goldenes Licht.

Wieder neu anfangen. Von einem Anfang zum anderen immer weiter zurückgehen. Sich wie ein unendlich gespannter Draht vom einen Ende eines großen weißen leeren Blattes zum anderen erstrecken. Zwischen den Buchstaben und den Schatten herum-fuhrwerken wie eine Zunge, die zwischen scharfen Zähnen ihren Weg sucht. Versuchen, ans andere Ufer zu gelangen, indem man auf lauter Wörter tritt, die sich aus der Gefangenschaft auf einer Fläche verzweifelt in eine dritte Dimension retten.

Wörter, die sich aufeinander stützen, einander gleichen, ineinander übergehen. Ewige und doch sterbliche Bilder. Aneinandergereihte, unbeständige Sätze, die einander nachhallen, leugnen, wiederholen ... Der Schmerz, der seine Stimme sucht, die Stimme, die ihre Vorstellung sucht. Jene scheue Stimme, die alles ruft, verstößt, verschluckt, erbricht ... Die Kreise und Linien, die sich mit spitzen Winkeln zur Menschenseele vereinigen, Tausende von Vergangenheiten, Tausende von Geschichten, unzählige Todesarten, hinter schwarz-weißen Masken halb durchsichtige Menschengesichter. Aus den Körpergrenzen heraustretendes, in der Sprache fließendes Blut. Voller Wut und Dankbarkeit hast du der Welt Händevoll Erde ins Gesicht geschleudert. Das Wort, über das der Stift strauchelt! Der Text, der das nackte Gewebe des Lebens bilden will und dabei zerfasert; der alles sein will und zu nichts wird.

Geduldig die Teile wieder zusammenfügen, noch einmal, noch ein unendliches Mal. Die Nacht mit der Dunkelheit vereinen, sie dann mit den stumm wartenden Schatten füllen, mit der Kälte, der Feuchtigkeit, dem goldfarbenen Mondschein ... Sich inmitten dieser Unwirtlichkeit niederlassen, diese Einsamkeit mit Objekten umgeben, mit dem kalten Schein des Todes, der sie umweht ... Warten. In den knochigen Händen der Zeit die Schläge des Lebens wie eine Glocke erwarten, in der die Worte erschallen ... Das letzte Wort erwarten, das einen langen Abschied beendet.

Der Ozean folgt dem magischen Ruf des Mondes, zieht sich zurück und hinterlässt seine nackte, schlammige Oberfläche ... Kieselsteine, verrottende Algen, leere Muscheln, im Netz der Zeit verfangenes Lebendes und Totes ... Die einem Gedächtnis voller Schutt entnommenen, an einem einsamen Ufer gestrandeten dürftigen Wurzeln der Existenz. Völlig ausgeliefert, unbegreiflich, dem Wind preisgegeben ... Nach einer unausweichlichen Sintflut, die alle

Geschichten davonspülte, alle Namen, alle Farben, sind nur die Formen geblieben, die dem Lebensinneren rasch entwichen. Die nackte Welt wie am Anfang, ganz am Anfang, der müde Traum eines müden Blickes …

Aufgequollene, wie nasser Sand verklebte Bilder. Wörter, so lange an Felsen gedroschen, bis ihre Schale zerbricht und ihr tintiges Inneres heraustritt … Vereinzelt reglose Pflanzen, angenagte Steine in allen Brauntönen. Über die zerlöcherte, zerfurchte Oberfläche wandelnde Schatten, die sich in welligen Lichtstrudeln verfangen und aufflattern … In grausig frostiger Stille schrumpfen die Lebensadern zusammen, wird die Haut, gespannt wie eine leise zitternde Membran, auseinandergezogen unter den Fingern eines geschickten Chirurgen … Ein zwischen Steinen kauerndes unheilvolles Gefühl. Das leere Rauschen der auf ein Seufzen – nicht einmal ein Schreien – endenden Stunden … Die Augenlider der Dinge so schwer, als könnten sie sich nie wieder öffnen, jedes auf seiner eigenen, langen, schmerzlichen Reise … Jedes voller Furcht … Furcht, die selbst noch in einer Handvoll Sand tost, bitter und kalt wie Kaffeesatz, in jegliches Lebewesen hineinsackend. Diese Erde, dieser Himmel, dieses Wasser haben sich zusammengetan, aus reinem Schlamm eine Welt geschaffen und den leeren Himmel darübergebreitet wie einen Spiegel. Als wollten sie sehen, ob du noch atmest. Und haben der Leere einen Fächer in die Hand gedrückt, den sie plötzlich zuklappen.

Dein müder Blick fährt über die Flächen, durchscheinende, trübe, durchlässige, mit Adern durchzogene, gefrorene, vergessliche und glatte, dein Blick auf seiner langen, schmerzlichen, einsamen Reise … Und stößt an … und zerspringt … und zerfällt in Tausende Kristalle, die flimmernd strahlen. Wie in eine Form gegossene Glut sickert dein Blick zwischen die Dinge und ihren Widerschein. Zwischen die Menschen und ihre Ängste, zwischen die Wurzeln und das Tageslicht … Schlängelnd bahnt er sich auf den Oberflächen seinen Weg, legt sich wie ein Netz über die Bilder, lässt das eine zurück, nimmt das andere mit, bringt die Dinge und ihren Widerschein zum Verschmelzen und Verkleben, füllt Gruben und Löcher, fließt in den verwobenen Ringen der Wirklichkeit wie die abgelösten Bandagen einer Mumie.

»Des Menschen Herz ist ein Spiegel«, hieß es früher. Ein Spiegel so alt wie der Stein, der ein Bild sucht, um es auf ewig festzuhalten. Hart ist er wie ein Diamant, doch sein Belag ist verwittert. Der Spiegel ist aus Schlamm geformt, mit dem Herzen der Welt … Vielleicht gleicht die Welt daher einem herzfarbenen Bild … In der gleichgültigen Hand der Leere.

Ich bin halb blind. Meine Ängste sind gleichmäßig auf Licht und Finsternis verteilt … An schattigen Wänden und undeutlichen Spiegelungen taste ich mich voran. In einem hingekritzelten, dann verworfenen Weltentwurf … Ich erliege den Verlockungen der Leere, die vom ersten Wort an zum Lügen verleiten, treibe auf Papier dahin, das nackt auf mich wartet wie gepflügte Erde. In der Strömung noch nicht verwirklichter »Ichs«. Über die wellige Oberfläche des »Jetzt« wird ein aus Tausenden winzigen Augen gewobenes Netz gebreitet, und die Buchstaben drängen herbei zu den lebendig gefangenen Partikeln des Lebens … Ich suche einen Ort, an dem ich existieren kann, ein Bild, eine Stimme: In den Vorstellungen, die ein anderer Blick aus dieser Welt herausziehen kann, in der gemeinsamen Stimme, die von Wort zu Wort fließt, in der weißen Stille zwischen den Wörtern … Und lausche auf die Schritte der fernen Gespenster … Taumelnd, innehaltend, über mich selbst stolpernd … Von einem Nichts ins andere … Wobei ich jedes benenne, jedem ein Gesicht zeichne, einen Körper forme … Um wie ein Chirurg die Haut der Existenz aufzuschneiden und die innerste Leibesfrucht herauszuholen. Um in die Spiegel und die Mauern ein letztes, endgültiges Bild zu kratzen.

Die Nacht schreitet fort. Die Stunden mit ihren Harken kratzen die stillsten Ecken meines Herzens aus und fördern eine herzfarbene, splitternackte, verwunderte Welt zutage. Doch in den Rissen ihres eigenen Abbildes versickert diese Welt. Auf dem leeren Papier bleibe ich allein als violetter Fleck zurück, als Zeichen einer tief in den Wurzeln der Existenz geplatzten Ader.

Die Wörter machen sich auf ihren eigenen Weg wie blinde Reiter, die auf die Wüste zugaloppieren, dabei mit den Hufen Sand aufwirbeln und alle menschlichen Spuren verwischen. In der Ferne, am Horizont, erscheint ein reines Licht wie eine blutige Geburt und zeichnet die feinen Grenzen zwischen dem Sichtbaren und dem Unsichtbaren.

Endlich bist du gekommen! Du bist da. Zwischen der Zeit und dem Nichts … In einer abgründigen, endlosen Einsamkeit, die dich auf Distanz hält. In diesem nackten, kargen Land gleichst du einem unerfahrenen, von einem Wildpferd abgeworfenen Reiter. Die für dich zählten, haben ausgezählt. Du hast die Augen geöffnet und dich gefühlt wie ein unvollständiger Satz. Die Türen zur Ewigkeit wurden weit aufgestoßen, doch auf der Palette aller Möglichkeiten hatte deine Geschichte weder einen Anfang noch ein Ende … Du hast dich zwischen harten Steinen und dornigem Gestrüpp zusammengekauert wie eine sich langsam schließende, die Stunden in sich aufnehmende Hand.

So wartete ich, wie eine vertrocknete Schale wartet. Eine Schale, durch deren Risse der Wind pfeift und Sand und Schreie dringen. Du fülltest dich mit dem Schrei der Pflanze, die sich in die Erde bohrt, auch wenn du nicht wusstest, ob mit einem Sieges- oder einem Schmerzensschrei. Du hattest noch nie gehört, wie ein verwelktes Blatt auf dem Boden aufkommt. Das kanntest du nicht. War es ein Schrei oder ein Lachen? So wie du auch das Leben nicht kanntest, das aus festen Knochen widerhallt. Mit Wörtern, Bildern, Vorstellungen warst du großzügig umgegangen. Alles war dir plötzlich aus den Händen genommen. War plötzlich zu Ende. So wie es begonnen hatte … Dein Gedächtnis, das die riesengroße

Welt widerzuspiegeln suchte, war so kurzlebig wie ein Tropfen Wasser ... Dich umfing der Dunst der Stimmen, der von der rasch erkaltenden Oberfläche emporstieg. All die Stimmen, die »Ja« sagten, »Nein«, »Komm«, »Bleib stehen«, »Zu spät«, »Zu früh«. Sie kamen aus den entlegensten Gegenden des Herzens der Welt, um in dir widerzuhallen, dich zu verschlucken, alles zu verschlucken und der großen Stille einzuverleiben, die ihrem Gewebe innewohnt.

Wieder geht eine Umdrehung der Welt zu Ende. Der Abend der Wörter senkt sich herab. Du schaust auf die sich vertiefende Wüste, aber dein Blick prallt auf den knochigen Rücken der Dunkelheit und bricht auseinander. Du suchst ein Bild, das bei dir bleibt, ein einziges Bild. Wie ein Spiegel ein Bild sucht, das er ewig festhalten will. Von so vielem, das rasch vorbeizieht, dreht einzig dein Gesicht sich um und sieht zurück. Mit einem langen, einzigen, absoluten Blick ... Dein früheres »Ich«, das in Dinge und in Dunkelheit zerfällt: inmitten der Einsamkeit ein unvollendeter Blick ...

Da flammt auf einmal alles goldfarben auf. Wird zu einer Helligkeit, wie selbst das Tageslicht sie nicht geben kann, zu einem einfachen, endlosen, fehlerlosen Anblick, wie aus reinem Licht entworfen. Als wäre die Schale der Dinge zerbrochen und der tief darin verborgene Glanz zum Vorschein gekommen, jedoch nur für dieses eine Mal. So hast du es also geschafft ins Herz jener Welt, die sich vor Jahren in deine Haut bohrte ... Du hast das Geheimnis herausgeschabt. Die Melodie, die dir singt, es sei NICHT ALLES umsonst gewesen. Aber auch diese Melodie verschwindet rasch in der Stille. Und lässt dich auf einem Steinhaufen zurück ...

Reines Licht und Ewigkeit. Jetzt hast also auch du deinen Platz auf dem Bild gefunden! Zwischen Himmel und Erde ein stummer, erwartungsvoller Stein. Wenn dieser Stein seine Geschichte vollendet hat, wirst auch du in deiner eigenen Geschichte existieren.

IN DER NACHT RUFE ICH NACH DIR

Ich bin hier, in meiner persönlichen Nacht, die ich betreten habe wie ein Zelt. Ein bernsteinfarbenes Zimmer, eine nackte Glühbirne, alles um mich herum von Papieren übersät. Papier, Wort, Buchstabe, Zeichen, Ikone, Symbol … Keine Erinnerung, kein Mensch. Das goldfarbene Licht umrahmt die Dunkelheit mehr, als dass es sie beleuchtet, es ruft die Schatten herbei und drängt sie in dunkle Ecken. Sieben erkaltete Tassen umgeben mein Schweigen, dazu überquellende Aschenbecher. Zwischen den Papieren, die von allen Seiten zu mir aufragen, fühle ich mich wie ein Überbleibsel aus längst vergangener Zeit. Ein Gefühl dies, so dicht und bitter wie Kaffeesatz, und wenn ich das Licht der Worte darauf richte, erzeugt es einen Schatten, der größer ist als das Gefühl selbst: Meine Einsamkeit …

Rasch lichtet die Nacht die Straßen, kühlt die Luft, verlängert die Schatten. Die Dunkelheit erfasst riesige Hügel, breitet sich über Plätze und Straßen, kriecht wie Efeu in die Umgebung der Stadt, wächst und wächst. Vom täglichen Gebrauch ermüdete Wörter treiben still zum Meer hinunter. Mit einem Pfeifen, das im Nachtwind hängen bleibt, verlässt das Schiff den Hafen. Eine plötzlich erwachende Möwe ruft verschreckt nach ihrem Gefährten.

Durch die Fensterscheibe blicke ich in die Nacht. Von dieser Stadt – meiner Stadt! –, deren Geschichte fast bis in die Ewigkeit reicht, sind nur ein paar Lichter übrig, die in der Ferne zittern, blinken, sich leise regen. Der auf das Leben herabsackende Schlaf hat nach und nach alle Augen geschlossen, die in die Nacht starren möchten. Von der im Wasser versunkenen Wirklichkeit glänzt nur noch einsam dieses dunkel gerahmte Bild auf hartem Grund und vermischt sich mit dem Widerschein meines Gesichts. Meine Augen jedoch wollen kein Licht, sie wollen die Wahrheit, das echte Leben mit all seiner Falschheit, seiner Armut, seinem Lärm und seiner Pracht. Trotzdem bin ich hier, zwischen gestern und morgen, zwischen dem Vergangenen und dem noch nicht Begonnenen, das vielleicht auch nie beginnen wird. Zwischen dem Bild auf der Scheibe und meinem echten Gesicht, zwischen Zeit und Nichts, zwischen den Worten und dem Ungesagten … Bin hier in dieser dunklen Stunde und sehne mich mehr denn je nach einem anderen Ort, nach einer anderen Zeit. In der Nacht, der immer gleichen, nicht enden wollenden bernsteinfarbenen Nacht …

Wie ein Orakel ragt der Turm der dreihundert Jahre alten Kirche empor, bedeckt mit seinem riesigen Platanenschatten schon jetzt die Wege von morgen. Im fahlen Mondlicht schlägt eine Möwe kurz mit den silbrigen Flügeln, Katzen schleichen über Dächer, Tauben und Diebe teilen sich die Schlupflöcher der runden Menschenwelt. Meine Augen durchkämmen die Dunkelheit – meine Dunkelheit! – wie schwache Scheinwerfer, stoßen auf die fest geschlossenen Augen der Stadt und machen kehrt. Die Steine reflektieren nichts, nicht einmal die Stille … Die Stunden der Nacht stürzen sich auf mein verwittertes Herz wie die Geier, um mir Wörter zu entreißen. Meine Hände sind auf das Papier genagelt, auf der Suche nach den Wörtern, die meine Lippen nicht hervorbringen. Die Hände sind von der Seele weiter entfernt als die Lippen, darum lügen sie auch nicht so leicht. Meine Hände kennen den Mondschein besser als jeder Dieb, sind schärfer als die Klingen, die mein Herz aufschlitzen. Die aufgedunsenen niedrigen Herbstwolken bedecken den Himmel wie nächtlicher Atem, dazwischen schimmert ein einziger Stern, doch selbst dessen Einsamkeit ist mir kein Trost. Ein kränkliches Katzenjunges krümmt sich hustend, bis es erbricht; reinen Tod erbricht es auf die Erde. Verzagt scharrt es dann im erkalteten Herzen der Stadt.

Eine Stimme, die den Wegen der Stadt folgt, ruft mich. Ich habe aber nicht genug Kraft. Nicht genug Zeit. Um in diese Dunkelheit zu sehen, bedarf es eines endlosen Blickes. Ich jedoch kann nur bleiben und diesem Ort hier einen Namen verleihen. »Glück« kann ich zum Beispiel sagen, oder das Gegenteil. »Leben«, oder das Gegenteil. Meine Hand, deren Schemen das ganze Papier bedeckt, verstreut Wörter, die sie als die ihren ausgibt, während ein vor Schmerz schreiendes Kätzchen in der Menschenerde scharrt.

In weiter, weiter Ferne scheint am Horizont ein rotes Licht. Vielleicht der erste Ruf des erwachenden Tages, oder der Siegesschrei des Kätzchens, das auch diese Nacht überlebt hat …

Irgendwo weit weg von mir stiehlt der Mond sich auf einmal davon. Ein letzter Schluck der dichten, schmerzlichen, erkalteten Nacht. Ich schlucke die letzte leere Stunde. Die nicht mehr zu benennende Zeit. Die menschlichen Laute sind verstummt, die tröstlich an die sorgenvolle, lebendige Welt des Tages erinnern: Schritte, Lachen, Hupen, kreischende Bremsen, das Klappern von Schlüsseln, echte und falsche Schreie, so vieles, dem ich lausche, weil ich mir Gleichgesinntheit verspreche, Verbundenheit. Jeder liegt nun im Zelt seines eigenen Schlafes, selbst die efeugleich in den Umhang ihrer Leidenschaft gewickelten Leiber. Wer die finsteren Gänge der Nacht wählt, ob als Einbrecher, Trunkenbold oder Stadtstreicher, ist im Herzen des Labyrinths angelangt und dort verblieben. Animierdamen schminken sich ab und wünschen sich selbst eine gute Nacht. Angerauchte Zigaretten werden ausgedrückt, und wieder hat die Nacht ihre Versprechen nicht erfüllt. Ein müdes Haupt, erschöpft von der Suche nach einem letzten Satz, sinkt auf einen Brief, der nie abgeschickt wird. Mit weiß behandschuhten Fingern nimmt der Schlaf unheilbar Kranke besänftigend bei sich

48

auf. Träume vom Leben ziehen wie ein frischer Hauch durch Schlafsäle, in denen es streng nach Menschen riecht. Gläser werden gespült, Teller und Aschenbecher geleert, ein letzter leerer Schluck vermischt sich mit dem Unsagbaren. Getuschte Wimpern schließen sich, ein schwarzer Seidenvorhang schiebt sich zwischen das Dunkel der Welt und die Augen, die es nun nicht mehr sehen; ein Nachtvogel singt nach der Jagd seine Lieder; Jäger und Opfer schlafen je ihren eigenen Schlaf und sind doch im gleichen Blut befangen. Die Nacht spielt ihre letzte Karte aus, ruft den Mond zurück, vermacht uns einen einzigen unseligen Stern, als sollte ein Toter anderen Toten als Führer dienen, und ruft die Menschen zu wahren Träumen auf, die auch am Tag noch ihre Spuren hinterlassen. So wie nach einem Sturm die Wellen Spuren hinterlassen. Die Wörter spreizen jenem Stern in der Ferne ihre silbrigen Flügel entgegen und erzählen alle dieselbe Geschichte von der Niederlage des Menschen.

Die Stadt und ich blicken uns durch eine Dachluke an, und was wir sehen, ist dunkel und unbestimmt. Auf der schlierigen, der Länge nach gesprungenen Scheibe zitternde Reflexe, übereinander, durcheinander. Voll dunkler, öder Leere, genau wie die Wörter. Schattenbilder, flach, konturenlos, verschwommen, sich regend, leer, fast wie im Traum ... Unfertige Entwürfe. Vervollständigen kann sie nur ein endloser Blick, zu dem jedes Auge das Seine beiträgt. Oder Bilder, die allmählich verlöschen und sich bei Kontakt mit dem Licht verfinstern. Das unbarmherzige, taube, granitene Profil der Stadt vermischt sich mit dem meinen wie ein unterirdischer Fluss auf dem Weg ins bleierne Meer. Mein fleckiges, geschichtsloses Gesicht, das seine Züge, seine Linien, seinen Ausdruck verloren hat und einem Menschengesicht nur noch dadurch gleicht, dass es oval ist.

Ist die echte Welt etwa noch flacher und ärmer als all diese Reflexe, als die Bilder, die Wörter, als der Tanz des Lichts mit dem

Schatten? Oder vielmehr tiefer, komplizierter, geheimnisvoller? Kann ich in dieser letzten Stunde dem Leben, das auch mich davontragen wird, entgegensehen wie einem Wunder?

Längst bin ich über die Mitte des Flusses hinaus, von den Ufern des Gestern so weit entfernt, dass eine Rückkehr unmöglich ist. Ich bin am kältesten, tiefsten, tosendsten Ort der Zeit und werde von der Strömung mitgerissen, auf eine Röte am Horizont zu, eine Peitschenwunde, die ich erst später als »morgen« werde bezeichnen können.

Kann ich mit ausgestreckten Fingerspitzen den Grund erreichen? Ich fürchte den Versuch. Komme ich durch die Nacht, indem ich auf ein Wort nach dem anderen trete? Wo ist der Grund dieses Dunkels, auf dessen Oberfläche ich stehe wie ein Baum? In dieser namenlosen Stunde, in der die Erde getilgt ist, das Leben sich zurückgezogen hat, kein Oben und kein Unten mehr herrscht, die Vergangenheit aus den Augen verloren und die Gegenwart noch nicht geboren ist, bekommt man keine andere Antwort als verunsichertes Schweigen. Trotzdem feuere ich auf jenes heilige, ausgedehnte, geheimnisvolle Schweigen die Worte ab wie Gewehrkugeln, als würde ich die Straßen entlanggehen, dabei die Laternen kaputt schießen und leere Patronen zurücklassen. Als würde ich auf jedes Licht zielen und jedes Mal treffen. Als würde die Kraft meiner Augen nur der Dunkelheit genügen. Als würde ich einen Abschiedsbrief schreiben und nicht einmal wissen, an wen. Wenn ich schreie: »Aus der Tiefe rufe ich zu dir. Erhöre mich!«, wendet sich nur mein eigenes Gesicht mir zu, fleckig, erinnerungslos, ein halbes Gesicht nur, das nichts anderes zu erzählen weiß als die Geschichte von der Niederlage des Menschen …

Kuppeln, Minarette, Türme … Der Tag holt die leeren Tempel der Stadt aus der Dunkelheit, der Unsichtbarkeit, lässt sie versteinern und erstarren und hängt sie für alle Ewigkeit in den violett-dunstigen Himmel. Im Licht wirken sie wie Dolche. Sie verweisen auf das Dunkel oben, unten, in allen vier Himmelsrichtungen, und auf Gottes ewigen Schlaf. Die Dächer ziehen sich über Hügel und Täler, an Abhängen entlang bis zum Bosporus hinunter und am anderen Ufer wieder empor. Tauben finden dort einen Unterschlupf, Katzen, Einbrecher und der Mondschein tapsen sanften Schrittes über die Firste. Auch den Schlaf schützen die Dächer vor dem Ruf der Sterne und ziehen eine Grenze zwischen das Dunkel der Menschen und das Dunkel der Nacht. Nur durch einen Flügelschlag, eine schwermütige Melodie oder ein paar Regentropfen schleichen sich himmlische Träume in die irdischen. Verrußte Schornsteinhauben, Giebelfenster, wackelige Dachziegel, schimmelige Sparren, Glasscherben … Nebelgleich tief stehende Herbstwolken schmiegen sich an die Schornsteine und umarmen die Stadt. Um den Polarstern hängen Wolkenfetzen wie in Blut getauchte Federn. Kleine Dunstwellen rollen heran wie vom Wind geblähte Flügel. Auf den Bosporus regnet ein Lichtguss herab, aus dem aufreißenden Dunkel purzeln Gold, Smaragd, Topas und Aquamarin. Auf den Wassern tanzen Feuerzungen, und silbrig blaue Wege erstrecken sich wie die Adern der Nacht in die Richtung der Berge. Jenseits der Berge jedoch herrschen Dunkel und trauernde Ewigkeit.

Die Wolkenkratzer stehen da, als wären sie höher als die Berge, und blicken mit ihren künstlichen, metallischen, blinden Augen in die Nacht. Ihre Blicke suchen alles ab, spiegeln aber nichts wider – nicht einmal den Tod – und machen so lediglich die Dunkelheit sichtbar. Die verstummten Wörter schwellen an zu einem allgemeinen Rauschen, das sich in Ringen ausbreitet und dem Horizont entgegenbraust. Der kalte Nachtwind entreißt den Gegenständen ihre Schatten, den Lauten ihre Echos, und als bestünden die Worte und die Schatten aus dem gleichen Material, lösen sie sich in der Nacht auf, fliegen in Grüppchen davon und versammeln sich an abgeschiedenen Orten.

Der Glockenturm ragt direkt vor mir empor wie ein Orakel. Das

Orakel, das in der Tiefe jeder Nacht, jedes Augenblicks, jedes Wortes steckt, steht da und beobachtet seine Kinder. Steht da wie die Zeit selbst, stumm, stolz, furchteinflößend, prächtig. Der Platanenschatten auf der Kirche schüttelt die riesigen Arme und ruft die Stunden zurück. Noch näher, noch wirklicher und unüberwindbarer, wie ein steinerner Horizont steht der Turm da und ruft meinen Blick. Wie das Leben selbst ruft er »Kommt!«, dann »Halt«; kaum ist man unterwegs, schickt er einen zurück. Nur ein Lichtpfeil umfasst den Turm – das Licht, das alle Dunkelheit kennt … Der riesige Schatten in mir schlenkert tanzend mit den skelettartigen Armen und vereint die Ewigkeit mit jeglichem Ende.

Ich verharre hier in den Tiefen meiner eigenen Nacht und schaue. Wie der Mond bescheint mein Blick die Dächer des Schlafes, befeuchtet die Dachziegel, sickert in jedes Loch, fließt die Wege des Wassers entlang bis zur Erde, die die Nacht von allem und jedem kennt, die Nacht der leidenschaftlich Liebenden, der vor dem Spiegel eingeschlafenen Frauen, der Todkranken, die Nacht der Mörder und ihrer Opfer, und in jener Erde scharrt ein von Schmerzen gequältes, hustendes Kätzchen …

Manchmal erfasst ein Wort den Menschen wie ein Strudel, wirbelt ihn zwischen Himmel und Erde, zwischen Leben und Tod hin und her. Es stellt die Welt auf den Kopf, vermischt das Gestern und das Morgen, löst alles auf und setzt es neu zusammen. Und lässt es dann plötzlich aus sich hinaus. Ein solches Wort ist: Nacht. Die heilige, ewige, geheimnisvolle Nacht. Farben, Bilder, Strahlen, Wellen, wie Glasscherben glänzende Dunkelheit.

Ich stehe an der Dachluke und blicke in die nächtliche Stadt. Vor mir erstreckt sich bis ins Unendliche eine sich regende, zitternde, kalt schimmernde Welt. Stockend, zerbrechlich. Tausende in der Nacht glitzernde Welten, einander unbekannt, verändern sich, lösen sich auf, trennen sich, vereinigen sich mit einer anderen, noch nicht geformten Wirklichkeit. Gleich tiefen Gräbern verbergen die

Häuser, was sich vom Licht zurückgezogen hat, vom Leben, nicht um eines Traumes willen, sondern um zu vergessen. Wir aber wandeln in den Labyrinthen der Nacht wie blinde Gespenster, aneinander gefesselt mit unsichtbaren Ketten.

Ich stehe vor dem Fenster, am Ufer der Erde. An meinen Platz in der Welt, an mein Schicksal genagelt. Von Wänden umgeben, von Schlaf, Bildern, Stille. Leichthin sage ich »Nacht« zu diesem Augenblick, zu dieser Ewigkeit, in der ich Wort für Wort zerfalle. Ich warte auf einen Blick, der mich aus dem Dunkel holt, mich an eine Existenz übergibt, die umfassend ist, sichtbar, vollständig. Wie man Tinte in einen Federhalter füllt, so fülle ich mein »Selbst«. Mit Bildern, Worten, Gelebtem und Ungelebtem, mit Endendem und Nicht-enden-Wollendem. Mit allem, was mir zum »Selbst« wird. Ich schaffe mir ein »Ich«, das den folgenden Tag überlebt, und noch viele folgende Tage, und ich schaffe es aus lauter »Ichs«, die auseinanderstreben, sich vermehren, wie Glasscherben zerspringen, in mir absterben oder gar nicht erst geboren werden ... Dabei warte ich, starre ins Dunkel, träume, vergesse, verbinde meine Wunden, schäle mich allmählich. Wie ein Flötenton, der alle Wörter der Stadt herbeiruft, stehe ich vor dem Fenster des Daseins und suche mir ein Schicksal. Aus vom Dunkel gelösten Augenblicken, aus der unaufhörlichen Zeit, aus von der Scheibe widergespiegelten, verschwommenen, überlagerten Bildern, aus Geschichten, die verheddert sind wie Angelschnüre, aus vom Licht erwischten Gespenstern ...

Vom Limbus der Ewigkeit wünsche ich mir noch einen Morgen. Die Nacht hat mir, hat meinem düsteren Blick eine zersplitterte Welt geschaffen. Eine zittrige, glänzende, irreale, flüchtige Welt, deren Welt rasch erlischt. Zwischen uns ist eine dünne, der Länge nach gesprungene Scheibe, zerbrechlich zwar, doch hart wie Diamant, und alt wie Stein. Befleckt mit meinem fragmentierten Bild. Ich warte vor einem Gesicht, das sich im Hauch meines Atems auflöst. Öffne mich für einen Ruf, der mich kommen heißt, wenn auch an meinem Hals die Schlinge des Daseins lastet ... Im Glanze weltentrückter Wörter lege ich mich nieder, zwischen den Fragmenten meiner Ichs, den Welten, die sterben möchten, weil sie nicht geboren werden können ...

Als die Nacht erneut anbricht, findet sie mich reglos dort, wo sie mich verlassen hatte. Am Horizont wartet und wartet das Morgenland und ruft eigentlich niemanden von uns. Es wartet, ohne zu wissen, dass im Grunde wir auf es warten.

In dieser Stunde der Unkenntnis ist nichts mehr wie immer. Die Echos haben ihre Stimmen verloren, die Stimmen trennen sich, um sich später, am Ende der Dunkelheit, wieder zu vereinen; ein Meer aus riesigen Schatten bedeckt alles, die Spiegelungen lösen sich auf. Der Himmel stößt die Sterne ins Wasser, das Wasser hinterlässt am Ufer leere Schalen. Frage und Antwort, gestern und morgen, Traum und Wirklichkeit, verharren in letzter enger Umarmung, bevor sie einander den Rücken zukehren. Gebete sind zu Ende gemurmelt, Schlaflieder, Tränen und Totenklagen versiegt, das Licht der Gehsteige erloschen. Der Regen verlässt die Dächer auf Zehenspitzen; Katzen, Engel und Diebe machen sich einer nach dem anderen davon. Die wahren Kinder der Nacht, die Straßenmenschen, haben endlich in den Schlaf gefunden, auf den Steinen der Stadt, eisig wie der Boden. Die Albträume der Toten mischen sich in die Träume der Lebenden, auf dass die Götter auch morgen wieder Versprechungen machen ... In dieser Welt aus Dunkelheit verschließt jemand den Umschlag eines Abschiedsbriefes, ein Baby erblickt erschrocken das Licht, das man »Welt« nennt, saugt blutverschmiert und nackt mit einem Schrei alle zukünftigen Morgen ein, ein Zweig erblüht in aller Stille, Lippen suchen einander ein letztes Mal, von Herz zu Herz werden Schwüre geflüstert, die noch vor Sonnenaufgang vergessen sind, ein einsamer Stern verblasst, erlischt wie eine Kerze im Wind, wie ein plötzlich endendes Leben, die Blätter bedecken sich mit Tau, Tränen werden zu Augenschleim und verkleben die Wimpern, irgendwo auf der Welt werden Operationssäle und Galgen vorbereitet, ein Arzt, der soeben eine Nabelschnur durchschnitten hat, und ein Verhörbeamter, dessen Tagwerk beendet ist, waschen sich die Hände, schwarzes Blut spritzt in den Schlaf des noch Ungeborenen, erfüllt ihn von Anfang an mit dem Wunsch zu sterben, bestimmt sein Schicksal. Ein Schlüssel dreht sich im Schloss, eine Tür geht auf, schließt sich wieder, Müllwagen leeren die Überreste der Stadt, verfaultes Obst und vergiftete, mit dem Tod ringende Hunde, Wörter werden mit ausgestochenen Augen und herausgeschnittenen Zungen wie Milchflaschen vor Türen abgestellt, Patronenhülsen purzeln aus den Gewehren von Erschießungskommandos und verkriechen sich vor Scham in Löchern, klebrige Hände übergeben den geformten Teig dem Feuer, die Erde saugt alles auf, Blut, Geheimnisse, Albträume, Knochen, Tote; der Regen setzt wieder ein. Ein in den Bahnhof donnernder Zug zerreißt die Stille … In ihrem dunklen, herrlichen Schlaf wartet die Stadt, vergisst, träumt, regt sich. Als wollte sie sich auf ein völlig neues, drastisches Dasein vorbereiten, sich für eine unausweichliche Sintflut aus Schlamm rüsten. Sie kratzt sich auf, lässt es verkrusten, sammelt Kraft, um die Augen für das Unbekannte zu öffnen und eine neue, riesige, extreme Welt mit einem Atemzug in sich aufzusaugen.

Am Horizont erscheint eine blutrote Hand, schnipst den schwarzen Sarkophagdeckel, den niemand zu verrücken vermochte, einfach beiseite, öffnet sich immer weiter, zieht einen flammenden Ring vom Finger. Wie eine ins Unendliche wachsende, stetig tiefer werdende Peitschenwunde, wie ein Netz aus violetten und goldenen Fäden, die das Meer bedecken. Von einem Dach flattert eine Taube auf, kreist über der Stadt, spreizt mit aller Kraft die Flügel in Richtung auf das gegenüberliegende Ufer, zur Grenze zwischen Nacht und Tag, als käme sie sonst zu spät … Im Schnabel trägt sie einen Ölzweig aus dem Land der Zukunft.

DIE MASKEN DES NARZISS

1. Begonnen hat alles mit einem Witz. Ich musste über eine Frage lachen (»Erzählen Sie in Ihren Büchern von sich selbst?«) und sagte halb im Scherz: »Ja, wenn ich mich finde.«

»Man findet sich nicht selbst, man wird geschaffen, hervorgebracht, erfunden«, heißt es in Büchern. Fangen wir also so an: Ich bin, was von mir erzählt wird.

2. Das »Selbst« ist ein Produkt aus langem Herumfantasieren, aus an die Wand geworfenen riesigen Schatten, aus Echos und Spiegelungen, aus Schweigen … Aus der Einsamkeit eines sterblichen Körpers.

3. Von sich selbst erzählen … Ist damit das beharrliche Reden gemeint, mit dem der Mensch das »Ich« zu finden sucht, das in seiner Einsamkeit versteckt ist? Oder ein Verlust der Unschuld, ein aufgeschobener Selbstmord, eine Herausforderung an die Welt? Deine Wahrheit gegen die meine? Eine Befreiung oder aber die älteste Form der Gefangenschaft?

Das frage ich das leere Mausoleum, das ich aus Worten gebildet habe.

4. So hat es angefangen. Als ich beschloss, über eine Frau zu schreiben, die von »sich selbst«, von ihrem Leben, ihrem Tod erzählt. Ich weiß nicht, ob sie schon einen Namen hatte oder nur eine Autorenmaske war, die in jedermanns Namen redete. Naturgemäß hatte sie ein Geschlecht und war sterblich. Mir war, als müsste ich

ihr eine zweigeschlechtige Sprache verleihen. Und damit sie von sich selbst erzählen konnte, musste sie sich erst daran erinnern, dass sie sterblich war, und es dann vergessen. Sobald ich einen Namen für sie fände, würde ihre Geschichte sich vervollständigen.

5. Der erste Name wurde mir zufällig gegeben. Von all den Städten, durch die ich gegangen bin und die durch mich gegangen sind, in denen ich gestorben bin und die in mir gestorben sind, warum habe ich mir da ausgerechnet Rio de Janeiro ausgesucht? Es war eine Stadt der Abgründe, der Adler und der Leichen, sie erinnerte ans Leben, war so verwundet wie ich, glich in ihrer Armseligkeit und ihrer Herrlichkeit sehr dem »Menschen«.

In der indischen Weisheitslehre ist die Zahl des Menschen nicht eins oder null, sondern zwei.

Im alten Ägypten spricht man vom »Geheimnis der Dualität«.

Rio de Janus: der Fluss des Gottes mit den zwei Gesichtern, von denen eines in die Zukunft und eines in die Vergangenheit blickt. Ein zeitliches und räumliches Labyrinth voller Schreie, blinder Flecke und Orakel, das Land der Toten, der Ruf des Dschungels und der Nacht, der Sieg des Chaos.

Wenn du in den Dschungel gehst, um dich selbst zu suchen, wirst du dich finden. Um aber wieder herauszukommen, musst du das Gefundene zurücklassen.

6. Ich habe den Namen für die Frau gefunden, vielmehr ist sie auf ihren eigenen Namen zugelaufen: Sie heißt Özgür. Freiheit. Sie ist ihrer Geschichte hinterhergelaufen, ihrem Schicksal, ihrem Schatten, und hat dabei jedes Zeichen interpretiert, hat erzählt, hat den Worten einen Sinn und dem Sinn Worte verliehen, hat Worte geschrieben, sie gelöscht und wieder geschrieben.

7. Ihrer Rolle und den Gesetzen der Literatur gemäß musste ich sie mit der Wirklichkeit eines Ichs ausstatten. Sie aber spaltete sich sofort in ein Ich und ein Objekt auf, zerfiel gleich nach dem Entstehen in ein »Paar« und lief Özgür hinterher. Bis die Maske in ihrer ganzen Schwere beide zu Boden drückte.

8. »Ich bin alles, was gewesen ist und was sein wird, und kein Sterblicher hat je mein Gesicht ohne Maske gesehen«, steht in einem der Tempel zu Ehren von Osiris. Osiris ist der Gott des Todes und der Wiederauferstehung, wie Dionysos. Auch Dionysos trägt stets eine Maske und erscheint mal als Mann, mal als Frau. Er ist der Gott des Wahnsinns, der stets stirbt und stets wiederaufersteht. Beide Götter sind gestürzt, auch Orpheus …

9. Warum ist Özgür gestorben? Oder wer ist da sonst gestorben? Ist das nicht gleichgültig, wo doch Özgür und du selbst den Augenblick des Todes mit den gleichen Sätzen beschrieben habt? Oder ist der Sterbende ein Traum von Freiheit, der sich selbst erzählt? Auf welcher Seite des Todes steht die Verfasserin dieser Sätze?

Ich weiß nur, dass ich in der Leere bin, in der diese Fragen widerhallen. Wie bei Orpheus war auch bei Özgür der Augenblick, in dem sie sich umwandte, zugleich der Augenblick, in dem sie aufhörte, von sich selbst zu erzählen, in dem der Begriff »Individualität« sie als Geisel nahm und das Wissen um die Sterblichkeit ihr einen Schlag versetzte. In dem Moment, in dem Özgür frei wurde, verwandelte sie sich in das Subjekt eines sehr alten Mythos, denn »selbst« zu werden, bedeutet zu sterben. Erst durch den Tod werden wir »einzig«, werden auf unveränderliche Weise zu unserer eigenen Geschichte.

Deshalb muss ein Text angesichts des Todes stets eine Maske tragen.

10. Der Augenblick der völligen Vereinigung ist zugleich der Augenblick des völligen Zerfalls. Der Augenblick, in dem das Ich mit dem anderen verschmilzt, der Tod sich mit dem Leben vereint, der Erzähler mit dem Erzählten, die Geschichte mit der Wahrheit, das Bild mit dem Blick darauf: eine Unvollendung, die nur von der Ewigkeit gebrochen werden kann.

11. Und die Liebe? Für wen oder was ist eine Liebe gut, die nur mit dem Wissen um den Tod auftritt? Für ihre eigene Musik, für

das Werk, das Bild? Für das Selbst, das im anderen steckt, oder für den anderen?

Willst du von dir selbst erzählen, musst du von der ganzen Welt erzählen. Und während du von der Welt erzählst, löscht sie dich aus. Um von dir selbst zu erzählen, musst du also die ganze Welt verlieren. »Liebe« ist einer der Namen für diesen Verlust.

12. Warum schreibst du dann eigentlich?

Dass ich ausgelöscht werde, lasse ich mir eingehen, doch wenn man mich erst gar nicht registriert hat?

Du beugst dich zum Fluss hinab, dein Blick ist starr auf das unendliche Dunkel gerichtet, deine gläsernen Lider schließen sich. Wenn du deine Maske abnimmst, ist das Wasser kalt, die Tür zur geheimnisvollen Ewigkeit geht einen Spalt weit auf, und ich weiß nun, dass deine Zeit, dein Verschwinden den Namen einer Blume tragen wird. Nichts weiter als den Namen einer Blume. Wenn du willst, können wir das vorläufig »alles« nennen. Alles, was du verloren hast.

13. Wer bist du?

Ich bin das Echo, das in dir spricht. Bin das, was sich mit Worten nicht erzählen lässt, die Stille, die keine Antwort gibt … Und kein Sterblicher hat je mein Gesicht ohne Maske gesehen.

ABSCHIEDSBRIEFE

April 2003

Hättest du nur einmal im Leben, nur ein einziges Mal, diesen Durst in der Kehle verspürt, diesen Durst nach Luft zum Atmen. Du möchtest aufspringen, die Beine versagen dir aber den Dienst und streuen deinen Körper auf den Gehsteig wie Glasscherben, und dennoch willst du rufen: »Bleib!« ... Hättest du es geschafft, dem Gehenden dieses einzig richtige Wort hinterherzurufen ... Hättest du nach diesem wundersamen Ruf gesucht, der es vermag, auch einen Toten zurückzuholen ... Dann, ja dann würdest du mich verstehen. Und verstündest auch all diese Seiten.

In mitternächtlicher Verlassenheit sitze ich vor den weißen Blättern. Ich höre in dieser stillen Stunde, wie die Türen des Lebens, eine nach der anderen, weit aufgestoßen und sogleich wieder zugeschlagen werden. Mit lautem Getöse. »Zu spät!«, bedeutet das Schlagen, oder »Zu früh!« Auf welchem Weg bin ich aus dem Leben an diesen Ort geraten, an dem die Worte den Tod anrufen?

(Warum schreiben wir? Weil wir verloren sind, weil es uns zur Gewohnheit geworden ist, Worten zu vertrauen, weil wir nicht direkt auf uns selbst und unsere Vergangenheit blicken können, weil wir im Andenken an den Menschen, der eine Weile in uns steckte, aber längst verschwunden ist, ein bisschen weinen

möchten. Und um hinter der Welt herzurennen, die uns davon-
eilt, um ihr die Leere, die sie uns hinterlässt, zurückzugeben …)

Jeder Weg ist länger als das Leben. Weg folgt auf Weg, Mauer auf
Mauer … Tod auf Tod, fest zugekniffene Augen auf schmerzlich aufgerissene … Wie Schatten werden wir von Tag zu Nacht
geschleift, von Nacht zu Tag, auf der Suche nach Träumen, in
denen wir es uns bequem machen können. Ich dagegen stecke hier
in der Nacht jenseits aller Grenzen und Träume fest. Und schreibe.
Schreibe, um mir den Glauben an das zu bewahren, was in mir
unzerstörbar ist und mich nie verlassen wird. Ich errichte Mauern
aus Wörtern und verstopfe die Breschen des Lebens. Doch kann
ich die Dunkelheit der Welt nicht mehr von der eines Steins unterscheiden.

So sitze ich in dieser schwarzen Stunde reglos da. Mein Kopf ist
zurückgelegt. Wie im Schlaf atme ich tief. Nur Wörter lässt die
Nacht ein. Aber welches kann mich von der Zeit erretten? Ich öffne
die Augen. Die weiße kalte Zimmerdecke blickt mich unverwandt
an und erzählt mit ihrem Schweigen, was sie eben erzählen kann.
Du kennst sicher diese Augenblicke fürchterlicher Stille, den
Moment, in dem ein Musiker unvermittelt aufhört zu spielen oder
ein stürzender Baum kurz davor ist, auf den Boden zu krachen.
Jetzt ist so ein Augenblick. Die Welt hält wartend den Atem an.
Vielleicht hat auch sie voller Entsetzen die Augen aufgerissen, als
blickte sie in einen Abgrund oder in den Spiegel … Von diesem
fürchterlichen Schweigen kommen wir, und wir kehren zu ihm
zurück. Die Zeit bringt alles und jeden zum Schweigen. Was wir
für Stille halten, ist der Pulsschlag der Toten. Ich werfe händevoll
Wörter in die Stille, und jedes ist ein Weg, ein Klagelied, ein Spiegel;
die Buchstaben packen meine Finger, formen das Licht und den
Schatten. Die Wörter blicken mich nackt aus dem Schlamm an wie
die Augen meiner Toten. Oder bin etwa ich es, den die Welt sieht
und auf den sie wartet?

Diese letzte Stunde ist die Stunde des Windes und der Toten.

Der Fluss fließt nun rückwärts, bringt jeden, der gelebt hat, ins Heute, stellt die Lebenden neben die, die noch leben werden, packt uns alle in die Verlassenheit eines Augenblicks. Wären wir doch nah genug beisammen, um miteinander reden zu können. Dann würde ich vielleicht fragen: Wo ist der Weg, der mich zum Leben geführt hat? So einen Weg muss es doch geben, da ich aus dem Leben gekommen bin …

In der weißen Wüste sinken die Wörter eines nach dem anderen um, dem Verdursten nahe; sie sterben, damit sie den Tod leugnen können. Des Menschen Dunkelheit ist kaum mehr von der Dunkelheit der Erde zu unterscheiden, meine Finger kneten unaufhörlich den Schlamm und den Schatten, das Blut der Buchstaben wird durchsichtig, mir schwindelt. Auf dem Papier erscheint mein furchtbares Gesicht, nackt und fleckig. Von Anfang bis Ende sind alle Buchstaben falsch. Welcher Ruf sollte sie retten können? Welcher Ruf hält mich zurück, hält dich, hält ihn fern vom offenen Fenster?

Bleib! Leg dich hin und schlafe! Schlafe und erwache! Die Sonne wird so oder so aufgehen, sie geht immer auf, mit der Pünktlichkeit eines Hinrichtungskommandos. Die Dinge gewinnen ihre Farben zurück, aber dein Gesicht ist weiß, und es bleibt weiß. Zusammen mit den Vögeln wird deine Kindheit erwachen. Das Licht wird wie eine Antwort kommen und dich finden und wie ein frischer, ruhiger Atem in dich fließen. Wenn dein Gesicht das Tageslicht aufhält, wirst du diesen Brief zerreißen und begreifen, dass jener Atem die Welt selbst ist. Die Wörter sind nichts als Schritte, Augen, weiter nichts. Den Weg, der zum Leben führt, wirst du selbst finden, so wie ein Blinder nach Hause findet, schön langsam, tastend, aus Gewohnheit. Vor allem aus Gewohnheit.

Bleib vom Fenster fern! Leg dich hin und schlafe! Schlafe und wach auf, mein Freund! Das Wunder des Wortes besteht darin, dass es unsagbar ist. Es erwartet uns ohnehin eine andere Nacht, als erwartete sie die Geburt ihres Babys.

7. Dezember 1990

Vom kahlen Berg des Todes blicke ich hinab, die Sonne geht unter und lässt das Tal tiefer und schöner wirken, als es eigentlich ist. Ich habe versucht, dir wie ein Indianer vom Leben zu erzählen. Du hast nur geschmunzelt und dir bestimmt gedacht, dass ich selbst jetzt noch Literatur verfasse, aber die Wirklichkeit wäre nun einmal das Letzte, was ich jetzt ertragen würde.

Ich könnte dir erzählen, wie es ist, zu sterben, aber das werde ich nicht tun. Schlimm genug ist für mich der Gedanke, dass ich niemals die Anden sehen werde, nie die Indianer, den Ozean, ja nicht einmal auf den Hügel von Çamlıca werde ich wieder kommen, und es gäbe noch so vieles andere! Am meisten plagt mich die Reue über nie besuchte Orte, nicht gelesene Bücher, uneingelöste Versprechen und über Sätze, die mir nicht über die Lippen kamen. Solange ich in sicherer Entfernung war, hatte der Tod etwas Bezauberndes für mich; doch anders, als die Dichter und Propheten behaupten, hat er nichts Geheimnisvolles an sich, nichts Heiliges und nichts Erhabenes. Und ich glaube auch nicht, dass er einen Übergang darstellt.

Du hast mir erzählt, als du fünf oder sechs warst, hast du im Garten eine tote Katze gefunden und in ihren Pupillen, die ins Leere starrten, den Widerschein des Todes gesehen. Damals liefst du zu deiner Mutter, nicht wahr? Aber die Mutter, die dich an der Hand nehmen und ins Land des Todes führen wird, bin leider ich. Und dies hier ist unser einziges Kind. Dein Leben wird von nun an meine Leiche tragen, jene Last, die das Schicksal dir unverdient und unerbittlich auferlegt hat. Das Gedenken an mich wird in deiner Erinnerung einem Haufen Knochen gleichen, den Hunde irgendwo aufbewahrt haben, um hin und wieder darauf herumzukauen und sie zu zerbeißen. Wenn ich daran etwas ändern könnte, glaube mir, ich würde es tun. Wenn es mir gegeben wäre, einen von uns beiden zu retten, glaube mir, ich würde dich retten. Vielleicht sollte ich wie ein echter Indianer mein Pferd in die Berge lenken und mich zum Sterben einsam in eine abgelegene Höhle legen.

Dennoch solltest du auf das Leben horchen, auf jenes »Lied von außergewöhnlicher Schönheit«, und zwar so lange, bis du es hörst.

Mein letzter Satz muss vom Leben handeln. Das Leben ist wie der erste Zug aus einer Zigarette. Besser kann ich es wohl nicht schreiben. Also lieber keinen letzten Satz.

PS: Lass mich bitte nicht allein. Ich flehe dich an, bleib bei mir bis zum letzten Augenblick, so schwer es auch sein mag. Das ist mein letzter Wunsch. Seit Wochen lasst ihr mich alle mit dem Tod allein, flüchtet euch in euren Egoismus. Meine Mutter sperrt sich weinend ins Bad ein, mein Vater kommt mit einem Arm voller Medikamente und Kekse und ist zehn Minuten später wieder weg, der Arzt mustert mich mitleidig. Und du bist nicht da. Wir müssen noch einmal reden, und wenn es nur übers Wetter ist, aber reden müssen wir.

Anfang Sommer 1990

Heute Nacht regnet es. Ein Juniregen zur Unzeit, ein sehr leichter, und wäre nicht das bisschen Donner gewesen, hätte ich ihn gar nicht bemerkt. Nur zögerlich regnet er herab, und jeder einzelne Tropfen bittet gleichsam um Verzeihung. Als würde er mir zuflüstern, ich solle noch unglücklicher sein und meinerseits um Verzeihung bitten. Ich aber schreibe. Ich bin allein. Heute Nacht lasse ich mich vom Regen nicht beeindrucken, ich weine nicht einmal.

Heute Nacht gehe ich fort. Fortgehen, was für ein furchtbares Wort. Sich verabschieden, gehen, zurücklassen, sich trennen … Jeder einzelne Abschied dauert ein ganzes Leben. Ich gehe, als wandelte ich über Tausende zerbrochener Muscheln dahin, in den Spuren von jemandem, der eine Perle sucht, die es gar nicht gibt.

Jemandes Liebe zu verlieren, bedeutet, von einem mit Mühe erreichten Gipfel wieder hinunterzupurzeln.

Meine Wunden bluten erst, seit du dich für sie interessierst, dabei waren sie auch vorher schon da. Die Narben sind mir wichtig, und sei es nur, um mich zu erinnern, wie sehr ich einst litt. Ich ertrage es nicht, dass die Zeit dahinfließt und mir nichts davon bleibt. Dabei trennt sich jede Spur, kaum entstanden, von ihrem Schöpfer und wird zu etwas anderem, wird unwirklich. (Das Netz meines Lebens webe ich mit meinen Tränen, wie eine Spinne.)

Ich weiß ja, du hast meine Wunden nicht einmal berührt, sie nur angeschaut, aus den Augenwinkeln. Wie jemand, der von seinem Buch aufschaut, weil er gerufen wurde: »Was ist?«

Glaubst du, dass der Schmerz Grenzen kennt? Dann kannst du dir auch vorstellen, dass dieser Regen der letzte ist.

Die Liebe, die du mir einst gabst und die ich annahm, ohne zu zögern, furchtlos, als wäre sie unendlich, ist dahingeschmolzen wie eine wundersame Schneeflocke, die ein Kind auf seiner Hand bewahren will. Zurück bleibt Feuchtigkeit ohne Bedeutung, wie nach dem Liebesspiel, diskret, leicht zurückzulassen, nichts weiter als ein Symptom der Einsamkeit.

Mit anzusehen, wie mir das Wasser durch die Finger rinnt, verursacht mir namenlosen Schmerz. Damit meine ich nicht die Sehnsucht nach der Vergangenheit; jene war nicht glücklicher als das Heute, und ich frage mich das auch erst gar nicht. Ich meine den Schmerz darüber, dass die Zeit unaufhaltsam dahinfließt und jeder einzelne Augenblick sofort Vergangenheit ist. Als würde ich einen großen Fluss entlanggehen und dürfte nirgends stehen bleiben, nie ans Ufer hinuntersteigen und keinen zweiten Blick tun. Du magst das Zukunftsangst nennen oder die gute alte Todesangst. Das trifft es aber nicht, denn dass wir uns unweigerlich auf den Tod zubewegen, kann ich so erfolgreich vergessen wie jeder andere auch. Mir geht es um die Trauer darüber, dass die Augenblicke einer nach dem anderen verloren gehen, als seien sie nie gelebt worden. Vielleicht kommt es mir deshalb immer auf Spuren an. Und vielleicht auf einen echten Tod ...

Manchmal warte ich darauf, aus dem Leben zu erwachen, wie man aus einem Traum erwacht, aber glaub mir, damit meine ich wieder nicht den Tod.

Der Tod ist so laut. Ich habe sein einsames Gelächter gehört. Ich ziehe nach und nach meine Kleidung aus, dann die deine, ganz langsam, bis wir nackt sind, dann schneide ich mir die Haare ab, dann die deinen, lege sie in einen hölzernen Sarg, als würde ich Tote aufeinanderhäufen. Diese Zeremonie wird von verzaubernder Musik begleitet, in immer schnellerem Rhythmus; Marimbas, Vibrafone, Gongs, Stäbchen schlagen auf halb volle Kristallgläser ... Dann werde ich zu einer Muschelschale und zerbreche. Jede Nacht aufs Neue, jede Nacht ... Ich werde als Halbmond wiedergeboren, der den Sonnenuntergang nicht sehen kann, und jeden Morgen in meinem eigenen Blut ertrinken – die Indianer glauben daran, dass sie aus jenem Blut erschaffen wurden. Jede Nacht werde ich zur Mutter und sterbe.

Wenn ich gehe, ist mein einziger Trost die Reglosigkeit der Steine.

11. September 2000

Mir ist etwas passiert, mit dem ich nicht gerechnet hatte. Eine spontane Reise, die ich mir als Pause gönnen wollte, hat sich hingezogen, obwohl ich meinen Frieden hier nicht mehr finde als dort. In den Geist dieser nördlichen Gefilde, so fern von meinem persönlichen Wald, vermag ich mich nicht einzufinden.

Aber ich möchte wirklich erzählen, was diese Woche geschehen ist. Es war an einem Tag, an dem ich mich elend fühlte. Krank, einsam, fremd, voller Groll auf dieses einträchtige, ordentliche

Land. Wenn der Egoismus der Menschen einem zum Hals heraushängt, schiebt man dies gern auf das »fremde Land«. Ich schleppte mich zu einem Supermarkt, und auf der Suche nach Käse und Obst strich ich durch die Gänge. Meine Furcht, dabei etwas falsch zu machen – das Brot zu betatschen, etwas zu verschütten, mich an der falschen Kasse anzustellen –, ist in meinen Jahren im Exil nur noch schlimmer geworden. Aus Scham, öffentlich geschimpft zu werden, suchte ich mir eine Kassiererin aus, die irgendwie nahöstlich wirkte. Klein und schmal, lange braune Haare, ein Lächeln im Gesicht. Und doch auch das Schmerzliche im Blick, das Frauen an sich haben, die sich seit Jahrhunderten bedecken müssen. Sie hätte gut und gerne aus der Türkei stammen können.

Der alte Mann vor mir warf mir einen bösen Blick zu, ich weiß auch nicht, warum. Vielleicht habe ich meine Einkäufe zu schnell auf das Band gelegt, vielleicht mag er keine Ausländer, vielleicht riechen nicht nur Hunde, wenn jemand Angst hat. Als ich drankam, war ich in geradezu unterwürfiger Stimmung. Um den Leuten hinter mir auch nicht eine Sekunde ihrer Zeit zu stehlen, legte ich mich ins Zeug. Mit der Geschwindigkeit eines Taschenspielers räumte ich die Dosen und Flaschen in die Einkaufstaschen, schielte dabei schon auf den Kassenbetrag und kramte dann in meiner Geldbörse, um passend zu zahlen. Es kippten dabei Konservendosen um, das Obst kullerte aus der Einkaufstasche, Kleingeld purzelte auf den Boden. Als ich doch alles geschafft hatte, fiel mir ein: Zigaretten bräuchte ich noch! Die Kassiererin hielt mir die gewünschte Marke hin und fragte mich, ob ich den Kassenzettel brauche. »Ja«, erwiderte ich, obwohl ich ihn keineswegs brauchte. Ihn abzulehnen, wäre vielleicht unhöflich gewesen. Da riss sie den Kassenzettel ab, notierte etwas darauf, ziemlich lange sogar. Mir sank das Herz in die Hose. Hatte ich irgendetwas falsch gemacht?

Ich nahm den Kassenzettel an mich, las ihn aber erst an der Tür. Auf Englisch stand da: »Einen schönen Tag und einen schönen Sommer!« Daneben ein Smiley. Ich weiß nicht, wie ich es erklären soll, aber auf einmal lächelte ich, wie ich wohl seit Jahren nicht gelächelt hatte, selig geradezu; zugleich schossen mir Tränen in die Augen. Ich küsste den Kassenzettel und verwahrte ihn in meiner Geldbörse, dann verließ ich fast tanzend das Geschäft.

Es war einer der seltenen Augenblicke, in denen ich daran glaubte, dass das Leben nicht nur aus Streit und aus Feilschen besteht. Liebe war in meinem Herzen erblüht, so wie manche zarte Blume selbst auf Felsen gedeiht. Mich kümmerte nicht, was die großen Geister dazu sagten und ob sie sich überhaupt dazu herabließen, etwas über den Wunsch des Menschen zu schreiben, ohne Gegenleistung etwas für andere zu tun. Dann dachte ich über den einen Aspekt des Schreibens nach, der inmitten von mächtigem Narzissmus oft untergeht, nämlich über den schönsten, heiligsten Aspekt: den Wunsch zu teilen, ganz einfach zu geben.

Ich musste über meine plötzliche, vermutlich kurzlebige Naivität schmunzeln, und pfeifend fing ich an zu schreiben.

September 2001

Früher war ich noch unschuldig. Ich dachte mir eine Lüge aus und legte damit jeden herein. Da war ich drei oder vier. So wurde es mir erzählt. Es war das letzte Jahr, in dem die Welt noch in meiner Hand lag wie ein Batzen Teig, der täglich neu geformt werden wollte. Lesen und Schreiben war noch ein und dasselbe. Ich hatte herumerzählt, ich könne schon lesen. Am Nachmittag nahm ich ein Buch in die Hand, und in ganz ernsthaftem Ton, als sei ich auf einen Schlag schon viel älter, »las« ich langsam daraus vor. (Sollte ich eines Tages noch einmal über jenes Buch stolpern, würde ich es wohl nicht wiedererkennen, nur das Rascheln der großen Seiten ist mir noch im Gedächtnis; das Buch kennt mich seinerseits bestimmt nicht mehr.) Meist brauchte ich bis zum Abend, bis ich mit der Geschichte fertig war. Und dann … brach die Dunkelheit herein, und mein Zimmer füllte sich mit Stimmen. Die verwaisten Plüschtiere froren, und das Buch kehrte mit einer anderen, wirklicheren Geschichte zu mir zurück.

Noch immer war die Welt eine teigartige Masse, die man kneten und mit Farbe mischen musste, in sie einsickern, doch rasch wurde sie immer härter. Wurde allmählich zu sich selbst, so wie auch ich. Außerdem wurde sie von Tag zu Tag stummer. Wenn sie mich nicht mehr rief, musste ich sie rufen, und zwar bei ihrem Namen. Damals war ich noch unschuldig, denn auch wenn mir das wehtat, suchte ich nicht gleich nach einem Schuldigen.

Ein Jahr lang hielt ich mithilfe meiner Familie die Illusion aufrecht, ich könne lesen und schreiben, dann machte meine Großmutter dem Spuk ein Ende. »Du lügst!«, sagte sie. »Du kannst gar nicht lesen. Wenn du es kannst, dann nimm das Buch da und lies mir was vor!«

Eines Tages zeichnete ein kleines Mädchen, um seine Geschichte zu vollenden, mit ungelenker Hand einen Vogel. Der glich jedoch keinem Vogel, den sie je gesehen hatte, nicht einmal Flügel hatte er, vielmehr war er das Fliegen an sich. Da sie in seinen Augen ihre eigenen Augen fand, rief sie ihn bei seinem Namen: V-o-g-e-l. Dann blies sie ihn an, gab ihm von ihrem Fleisch und ihrem Blut, von den kalten Nächten ihrer Kindheit, von ihren Schreien, von den Tränen ihrer Mutter … Bis er kräftig genug war, das über ihn geworfene Netz aus blauer Tinte zu zerreißen und für immer davonzufliegen. Nun begleitet ihn ein aus dem Herzen gerissenes Gebet, wenn er in der Einsamkeit des Morgennebels der Reichweite der Scharfschützen entfliegt. Was bleibt, ist ein leeres Blatt, ein bisschen taub, ein bisschen verblüfft. Flach, nüchtern und schattenlos. In Erwartung einer Rückkehr, die es nie geben wird …

LEBENSLAUF FÜR EINE GEFÄNGNISMAUER

I. Hier meine Geschichte. Meine Geburt, mein Tod, und alles, was dazwischenliegt. Eine Geschichte von vielen ...

II. Meine Mutter sah mich manchmal lange an. Plötzlich wurde ihr Blick ganz leer, wie ein ausgetrocknetes Flussbett. Ich weiß noch, welche entsetzliche Angst mich dann immer packte.

III. »Mama, was bedeutet sterben?«

IV. Eines Tages nahm ein kleines Mädchen einen Stift in die Hand und zeichnete einen Vogel. Der glich jedoch keinem Vogel, den sie je gesehen hatte, vielmehr war er das Fliegen an sich: V-O-G-E-L.

+ Wann kommt er zurück? Frag nicht!

+/ Eine Träne fiel in den Ozean, der Weinende vereinigte sich mit dem Beweinten, das Gesicht mit seinem Widerschein, das Beendete mit dem noch nicht Begonnenen ...

+// Diese Stille werde ich vorläufig »ich« nennen, und diesen Laut »du«.

+/// Blut vermischte sich mit Wasser, ein Schrei prallte an den Himmel und zerfiel.

++ Für alles, was du ab jetzt sehen wirst, musst du mit deinem Leben bezahlen.

++/ Meine Mutter packte mich an der Ferse, tauchte mich ins Wasser und sagte: »Dieses Wasser ist der Fluss, der immer in dir fließen und dich zweiteilen wird.«

++// Ich bin an allem schuld.

++/// Alle Stunden gehören mir, doch darf ich sie nicht benützen, sondern nur in ihnen kauern.

++//// Es muss einen Weg geben. Es muss doch einen Weg geben, der mich ins Leben führt ... Wo ich doch vom Leben hierhergekommen bin ...

+++ Mein Herz! Mein Herz, das mir das Blut meiner Mutter und die Wüste bringt!

+++/ Was ich verloren habe? Meine Unschuld? Ach was! Das passt nicht in so große, prächtige Worte.

+++// Ein erster Schlag. Dann ein zweiter, an eine empfindlichere Stelle. Es tat sehr weh. Der dritte an dieselbe Stelle. Da hörtest du deine eigene Stimme. Du schriest. Vier, fünf, sechs, sieben, acht, neun ...

+++/// Was könnt ihr mir schon weiter antun? Ich bin sowieso schon tot.

+++//// Ich war ein Nichts im Herzen des Lebens. Nichts weiter als ein Blick, ein Kommentar, ein Fragezeichen, kurz gesagt: ein Nichts.

++++ Wo war draußen?

++++/ An Märchen glaubt er nicht mehr. Er kann in dunklen Straßen allein gehen und prahlt nicht mehr mit den Ohrfeigen, die er kriegt.

++++// Das universelle Gesetz der Anziehung:

$$F_G = G \cdot \frac{m_1 \cdot m_2}{r^2}$$

Die Energie wird erhalten, die Entropie nimmt zu.

++++/// Ach, wenn doch nur ...

++++//// Jede Nacht werde ich zur Mutter und sterbe.

+++++ Wenn ich gehe, ist mein einziger Trost die Reglosigkeit der Steine.

+++++/ Schritte, Straßen und Stille. Schritte ... Stille ... Die Welt verfolgt mich mit unerbittlicher Entschlossenheit.

+++++// Ich bin siebenundzwanzig Jahre alt. Ich gehe auf den steilen Pflasterstraßen einer mitteleuropäischen Stadt dahin. Mein eines Auge ist verbunden.

+++++/// Ich bin die Summe all dessen, was mir gegeben und nicht gegeben wurde, was ich verloren habe und noch verlieren werde, meiner Worte und meines Schweigens … Und bis heute hat mich noch nie jemand ohne Maske gesehen.

+++++//// War denn ich die einzige Schuldige in diesem riesigen Universum?

++++++ Die Formel für das Chaos ist eigentlich ganz einfach. Tod = Tod. Leben = Leben.

++++++/ Halt! Geh weg vom Fenster! Leg dich hin und schlaf! Schlaf und wach auf, mein Freund!

++++++// Den Weg, der zum Leben führt, wirst du selbst finden, so wie ein Blinder nach Hause findet, schön langsam, tastend, aus Gewohnheit …

++++++/// Das ist meine Geschichte. Meine Geburt, mein Tod, und alles, was dazwischenliegt.

+++++++ Wer bist du? Ich bin das Echo, das in dir spricht. Ich bin das, was mit Worten nicht über dich erzählt werden kann, bin die Stille, die keine Antwort gibt …

+++++++/ Na ja.

+++++++// Das ist, was die in den Ozean fallende Träne weiß. Das Gehen und das Kommen hören nie auf, und eigentlich ist es dasselbe. Möge dein Weg lang sein.

+++++++/// Fangen wir von vorne an.

ZU DIESER STIMME
SAGE ICH VORLÄUFIG »DU«

Wie schwer doch das Erblühen ist. Inmitten einer langen weißen Jahreszeit, im grellen, nackten Tageslicht, unter dem Gemurmel der Wachtposten der Stille. Schwer vor allem, wenn man so spät dran ist. Trotz alledem versuche ich es. Zumindest versuchen muss ich es, etwas anderes bleibt mir nicht übrig.

Wieder einmal spreche ich mitten aus dem Schweigen heraus – und wenn Sie denken, mit »ich« meine ich mich selbst, dann täuschen Sie sich. Ich spreche und nehme dabei in Kauf, alles zu verlieren. Im Exil, wieder einmal. Nur so, nur jetzt, wenn ich mich auf dem unfruchtbaren Boden der Worte auf den Weg mache, insofern das überhaupt ein Weg ist, spüre ich dem rasch Verloschenen, um seinen Platz Gebrachten, dem Vergessenen nach. Den Dingen, die längst verschwunden sind …

Nein, das ist kein Mythos einer Reise. Und erst recht kein gigantisches Jugendwerk, wie man es (so meine ich), schafft, sobald man den plötzlichen Schritt vom Halbwüchsigen zum alten Menschen tut. Was einem weder einen paradiesverheißenden Tropfen noch die Asche der Hölle verspricht. Von Mythen habe ich mich längst gelöst, und jedes Mal, wenn ich etwas die Hölle nannte, wurde mir bedeutet, es sei nicht die echte Hölle. Und dass ich sie weder erlebt habe noch erleben werde. Das Paradies wiederum, nun, sagen wir, es ist ein Traum, der allmählich vertrocknet, holt man aus ihm nicht zumindest die Nacht heraus. Das sind die Worte von anderen.

Etwas aber bringt man zum Schweigen, noch bevor es gehört wird, und das nennt man die Leere. Eine Spur vom noch Ungeborenen, ein hingeworfenes Bild, ein ersticktes Murmeln, eine Leere.

Schwer, jetzt noch einmal das Wort zu ergreifen. Nach all den Verlusten des Lebens. Nach so viel Verzögerung. Verzögerung und Beschädigung. So allein zu sprechen, in einer Welt, die sich die Wörter längst angeeignet hat. In der noch dazu niemand und nichts mit sich selbst übereinstimmt, so hat man mir das erzählt, doch wozu an eine solche Welt noch glauben? Ich spreche aus der schmerzlichen, erniedrigenden Erfahrung heraus, zum Schweigen gebracht worden zu sein. Sobald mir die Worte über die Lippen kommen, meinen sie sogleich, ihre Reise sei beendet, denn von Anfang an wissen sie, dass sie mit sich selbst nicht übereinstimmen. Sie passieren alle Verluste des Lebens und kehren an einen Ort zurück, den sie eigentlich nie verlassen haben, nämlich zu sich selbst. Anderswohin können sie nicht zurück.

Wieder einmal die schmerzliche, erniedrigende Erfahrung, zum Schweigen gebracht worden zu sein, die ich so gut kenne, dass ich sie immer wieder vergesse. Ein blitzendes Messer, Staub und Asche, hämisches Gelächter, ein Knoten in der Zunge, eine goldene Nadel, ein paradiesverheißender Tropfen, das hochmütige, aufgedunsene, gebieterische Auge, aus dessen Gefangenschaft ich hinauszukriechen versuche, eine alles verschluckende Stille, eine hinterhältige Hölle. Ein unsichtbares Messer, das die Wörter aushöhlt.

Ich spreche mitten aus meiner Einsamkeit heraus und habe doch nichts kennengelernt, das länger dauerte als die Einsamkeit. Wenn Sie jetzt denken, ich redete gar nicht über mich selbst, dann täuschen Sie sich. Es bleibt mir nichts übrig, als meine eigene Sprache zu sprechen, meine eigene Trostlosigkeit, dabei hat meine Hölle auch etwas Wirkliches an sich, und ich kann nicht behaupten, das seien »die anderen«, ich muss vielmehr sagen, das »bin ich«.

Wie schwer es doch ist, zwischen all den Worten, all dem Lärm sich vorzubeugen und auf das Murmeln der Welt zu lauschen – die Welt spricht nämlich nicht. Es fällt schwer, abzuwarten, bis jene Stimme einen umschmeichelt wie ein kühlender Atem. In jenes zarte, verschreckte Licht zu blicken, das einem näher ist als die nächste Dunkelheit, sich auf den Weg zu machen, auf dem alles verschwindet, die bittere Erde zu beweinen … Dem Traum hinterher, der die Nacht nicht herauskitzeln kann, auf der Suche nach dem längst Fortgegangenen, dem noch nicht Geborenen, im Dunkeln tastend, einer Stimme nach, die einen leise ruft, sich aber stets entfernt und nie und nimmer eine Antwort gibt …

Diese Stimme werde ich vorläufig »du« nennen.

DIESES LAND,
DAS SIE DAS LEBEN NENNEN

Synopsis: Eine achtundzwanzigjährige Frau geht entschlossen auf eine brennende Stadt zu, um sie herum regnet es Bomben und Gewehrkugeln, ihre Wangen leuchten im Abendrot, in ihren Haaren verfangen sich durchsichtige Blätter.

> *Ich will dich erzählen, ich will dich beschaun und beschreiben, nicht mit Bol und mit Gold, nur mit Tinte aus Apfelbaumrinden.*
>
> RILKE

Es ist eine jener Nächte, die einem nicht enden wollenden Anstieg in der Finsternis gleichen. Ich gehe auf Straßen, rutschigen Gehsteigen, komme in Sackgassen, folge den Kurven und Kreuzungen der Nacht, es ist nah, sagt Rilke, nah ist das Land, das sie das Leben nennen ... Schritte, Wege, Strecken ... Ein Korridor führt auf die umzingelte Stadt zu, eine junge Frau geht den Stacheldraht entlang, nah ist das Land, sagt Rilke, das sie das Leben nennen ... Von überall regnet es Bomben, ganze Viertel werden ein Raub der Flammen, die Erde bebt. Ein Schritt, noch ein Schritt, ich gehe durch die Ringe, die ausweglosen Höhlengänge der Nacht, als schleppte ich unendlich Schweres hinter mir her, einen Sarg vielleicht, etwas von mir und der Welt auf immer und ewig Abgetrenntes, das immer schwerer wird, man muss nur gehen, sagt Rilke ... Das Schicksal, ein gewundener Weg, in dessen Mitte du wandelst ...

Zaudernd, taumelnd, dich verspätend ... Eine achtundzwanzigjährige Frau geht zwischen Flammen hindurch auf eine bombardierte Stadt zu, ihre Wangen leuchten im Abendrot, ein Gewehrlauf tastet den Horizont ab, ihre Haare fliegen im Wind.

Auf einsamen und auf belebten Wegen gehe ich dahin, in künstlichem Licht und in wahrer Dunkelheit, der Name des mich umfassenden Dunkels ist Nacht, jene Nacht, in die ich krieche wie in einen Sarg, in die ich mich flüchte und die mich erdrückt, man muss nur gehen, sagt der Dichter, geh bis an deiner Sehnsucht Rand, ich bin nichts anderes als ein einsamer Weg ohne Anfang und Ende. Schritte, Wege, Schritte und noch mehr ... Ein nacktes, knochentrockenes Land. Hier ist die Grenze, die durch jedes Wort verläuft, kilometerlang Stacheldraht, Soldaten mit Gewehren, verminter Boden, der niemandem gehört ... Leere weiße Blätter, ein Tod, wer weiß, wie viele Tode in all ihrer Verlassenheit ... Nah ist das Land, sagt Rilke, vielleicht wird ja ein Wort anschwellen wie eine Woge, dich davontragen in jenes Land, das sie das Leben nennen ... Wer lebt?, fragt der Dichter, wir gehen nur dahin, auf den großen, endlosen Wegen der Welt, auf windigen Kreuzungen, an Ufern entlang, auf Wegen des Herzens, die sich wie Adern schmerzlich ineinander verschlingen, bis an deiner Sehnsucht Rand ... Ein Wort, dann noch ein Wort, bis in alle Ewigkeit, Schritt für Schritt, und von der Ewigkeit wieder zurück, so wie das Pendel des Todes schlägt ...

Eine achtundzwanzigjährige Frau geht entschlossen auf eine brennende Stadt zu, um sie herum regnet es Bomben und Gewehrkugeln, ihre Wangen leuchten im Abendrot, in ihren Haaren verfangen sich durchsichtige Blätter ... Der Tag geht zu Ende, der Horizont ist ein feuriger Reif, die beschossene Stadt scheint durch den Rauch hindurch wie aus einem Verband sickerndes Blut. Es ist nah, sagt Rilke, doch wem gehört eigentlich das Land, das sie das

Leben nennen, es ist nur ein Wort, und fast hättest du dieses Wort einmal gefunden … Und wem sollte es nicht gehören? Ein Wort, noch ein Wort, und jenseits davon ein geheimes, unbekanntes Land … Die untergehende Sonne verfärbt den Horizont, ein Gewehrlauf sucht geduldig die Ferne ab, die sich weit erstreckenden Wege, als suchte er ein vergessenes Wort, ein lebendiges Wort, das er gewonnen und wieder verloren hatte, Auge, Kimme und Korn finden zusammen, am Ende des Himmels, auf der nackten, trockenen Erde, mit Funken aus purem Gold geht der Tag zu Ende, in aller Wahrhaftigkeit bricht die Dunkelheit herein, eine allumfassende, tiefe Dunkelheit … Schicksal ist ein einsames Wort. Was uns auf der Stirn geschrieben steht, kommt ohne Worte aus. Eine Frau geht alleine in der Nacht dahin, eine andere Frau folgt ihren Spuren, sie gehen in der gleichen Nacht dahin, zwischen Steinen und Ruinen, in der gleichen Einsamkeit des Herzens, auf den gleichen unsichtbaren Wegen des Herzens, die sich wie Stacheldraht verflechten, ein dort herausgerissenes Wort vereinigt sich mit den Schritten, eine Frau geht dahin, und noch eine Frau, über jeglichen Schmerz und jegliches Ende hinaus, auf der Spur aller untergegangenen Sonnen, bis an deiner Sehnsucht Rand …

Öde, trockene Erde, Steine, ein verbrannter Baum, angekohltes, zerrissenes Papier, Ascheregen, ein Satz aus Rauch … Eine junge Frau kommt aus dem Sonnenuntergang hervor, geht entschlossenen Schrittes auf sich selbst zu, die Augen der Erde öffnen sich, als gäbe es keine Wiederkehr, sie geben ihr ihren Namen zurück, aus Stein und Asche, ein schweigsameres Land, ihre Haare fliegen rot dahin. Die Nacht wird noch tiefer, ein verwundetes Wort zieht sich in seinen Panzer zurück wie eine vom Waldbrand überraschte Schildkröte, nah ist das Land, sagt Rilke, nur ein Baum achtet auf deinen Schrei, streckt seine nackten, zerbrechlichen Äste empor – nein, nicht aus Gold sind die Äpfel des Baumes, rote Erde und Flammen und Sehnsucht – nah, ganz nah ist das Land, man muss nur gehen, so weit wie der Himmel, das Land, das dein Schicksal ist, gehört nun dir, einen Schritt noch und es kommt und findet dich, es findet dich und schützend hält es seine Hand über dich, so gehen denn auch wir, Schritt für Schritt, und flechten einen Sarg aus den verbrannten Schalen der Wörter, vielleicht streckt sich uns dann ein weißer Ast entgegen und trägt uns und setzt uns ab, an der Sehnsucht Rand … Wir marschieren nur, marschieren, wenn die Sonne untergeht und wieder aufgeht, kommen schweigend aus der Nacht heraus. Schritte, Wege, Worte und noch mehr … ein letztes leeres Land.

In dem Land, das sie Leben nennen, knospen die Toten und erblühen die Steine.

WÖRTER

Gut, fangen wir an. Sofort. Wir wollen ja übers Leben reden, da haben wir nicht viel Zeit.

Heute Morgen habe ich aus unzähligen Wörtern, einer Masse richtiger Wörter, nur ein einziges ausgewählt: Leben. Und dem renne ich nun atemlos hinterher. Immer schneller muss ich werden, darf nicht aufhören zu laufen. Auf das zulaufen, was mich erwartet.

Wörter: nackt und zerbrechlich, Schatten eines Atemzugs.

Eine trockene, knochige Hand packte mich an der Schulter und schob mich aus der Nacht. Als ich für den neuen Tag meine Augen öffnete, waren die Haare der Welt längst ergraut. Das Licht schoss auf die Dinge zu, umarmte sie, wie man die Wörter einer leeren Seite umarmt. Oder wie man einen Schrei verschluckt und in ein Nichts verwandelt. Rasch zog die Nacht sich zurück, ließ halb geträumte Träume hinter sich ... Leere Muschelschalen im feuchten Sand ...

Wörter: nackt und trocken. Lauter Hüllen, lauter Masken.

Ich legte große weiße Blätter zurecht: für das Leben. Es vergeht, ohne eines der Wörter auch nur zu streifen. Mit meinem morgendlichen Hunger rufe ich das Leben, mit meiner stummen Stimme, die nicht einmal einen Namen flüstern kann, ich beuge mich vor und suche es, in den Schatten, in den Träumen ... Suche in der Handvoll Erde, die ich zu fassen kriege. Eine Handvoll Erde, so wie die in mir.

Wörter: angespannte, unwirkliche, uralte Schreie.

Was im Menschen steckt, ist ihm näher als das Leben. Was aber ist das Leben schon anderes als ein Widerhall?

Wörter: brausend, furchtbar, unendlich. Wie Knochen, die aus der Erde herausstehen.

Von irgendwoher kommt eine Stimme, bringt mich zum Reden, obwohl mein Mund, wie der einer Marionette, versiegelt ist. In einem öden Landstrich läuft ein blinder Führer, verrückt ob seiner dunklen Freiheit, dem Schweigen entgegen. Ein abgehacktes Echo – das ihn an seine Sterblichkeit erinnern muss. Und ich? Nimmt die Zukunft, der ich entgegentappe, bei jedem Schritt ab oder zu?

Wörter: zerkaut, zerfasert, von Dunkel und Schweigen ange-gärt, auf dass eine neue Welt entstehe …

Ich horche auf die Geräusche draußen und löse mich darin auf … Stumm warte ich darauf, aus mir herauszulaufen, einen Tunnel zu graben und meiner Verurteilung zu entfliehen, mit dem Atem, der mich anweht, ein Segel zu setzen …

Wörter: lauter Echos, die nur vor den Toten schweigen …

Es ist Morgen, das Licht verschluckt die Dinge, meine Gespenster kennen mich nicht mehr. Die Zeit läuft mir davon. Die mit jedem Wort leiser werdende Stimme schreitet voran, sucht auf dem endlosen weißen Blatt eine Grenzlinie, sehnt sich nach dem Himmel und den Bäumen. Sie ruft sich mit ihrer eigenen Stimme, sehnt sich nach einer Geschichte über den Menschen, beugt sich vor und greift nach einer Handvoll Erde. Sie ist das abgehackte Echo der Welt, denn die Welt will hören, dass sie Welt ist, will alle Hüllen mit ihrer eigenen Geschichte füllen, sich in die Unendlich-keit dieses einzigen Wortes flüchten. Und ich … bin so leer wie diese Welt.

Ein weißes Blatt: weißer denn jegliches andere Weiß.

Diese Stimme, die dem Leben hinterherläuft, bei jedem Schritt stolpert, sich bückt und die leeren Hüllen aufhebt, die es hinterlässt, weiß genau, dass in ihr das Leben spricht … Und ich? Bin genauso müde wie diese Stimme.

Was ist der Mensch schon anderes als Spiegel und Echo?

DAS EIGENTLICHE WUNDER
DES WORTES

Leere Blätter, so weit das Auge reicht ... Nackt, unfruchtbar, öde ...
Gleich verlassenen Tempeln, unwirtlich, voller Geheimnisse und
Echos. Staubbedeckte Trümmer, vergilbte, verwaschene Bilder,
nicht zu deutende Symbole ... Spuren vielfach wiederholter Zere-
monien, blutiger Wunder, beängstigende Flecken, um ihren Zau-
ber gebrachte Zeichen, verwüstete Altare des heiligen Wortes ...
Von den fehlgeschlagenen Ansätzen der Schöpfung bleiben Bilder
übrig, die sich aneinanderschmiegen; ein ungeschlachtes, halb
durchsichtiges Skelett bemüht sich, Gestalt anzunehmen und sich
aufzurichten; Missgeburten flüchten vor dem Licht. Weißes löst
sich Schicht um Schicht, lagert sich ab, verschluckt die von den Blicken reflektierten Wörter und verleibt sie seinem Gewebe ein ...
Zeilen verharren wie das leere Augenweiß der Zeit ... Wachsen
durch die Stunden, die in sie fließen, immer noch an und weiten die
Nacht ... Herrenlose Stimmen verhallen, Schatten blähen sich in
toten Winkeln riesig auf, zwischen Trümmern tasten Gespenster
nach einem Ausgang ... Träume werden zu Stein, sobald sie sich
ans Leben klammern ... In den Trümmern des Gedächtnisses liegt
alles durcheinander und übereinander, aller Anfang und alles
Ende, das Sterbende und das Überlebende, das Verlorene und
das noch nicht Geborene ... Dunkle Tümpel des Schweigens, so
dunkel wie die Nacht eines gefällten Baumes ...

Die zerknitterten Pergamente des Gedächtnisses

Die fest verknoteten Wege, Stunden und Ufer der Nacht … Längst erloschene, kalte, stumme Welten, die sich im Namen alles Vergessenen, alles Verlorenen in der Leere drehen … Die Zeit, schwer und reglos wie das Wasser eines Brunnens, fließt nirgendwohin.

Zu später Stunde studiere ich im Mondschein die zerknitterten Pergamente des Gedächtnisses … Mit einer Kerze in der Hand steige ich Stufe um Stufe in das Schweigen hinab, als würde ich einen baufälligen Tempel betreten, der mich nur schwer atmen lässt … Wie eine Schlafwandlerin gehe ich zwischen Trümmern, Säulen, Statuen, Steinen dahin. Zerbrochene Götter, zerbröselte Leiber und Gesichter, namenlos gewordene Dinge … Asche, Wehmut, Fäulnis … Hier beginnt nichts mehr, hier geht nichts mehr zu Ende, hier gibt es keine Geschichte, die nicht unter ewigem Warten subjekt- und objektlos zerfaserte … Die Götter finden kein einziges existenzielles Wort; geschlechts- und körperlos ziehen sie sich vom Schicksal der Menschen zurück. Ein jeder in seinem einsamen Schlaf, seinem Vergessen, seinem nackten, tauben Verschwinden … Die Lippen, die einst dem Schlamm eine Seele einhauchten, sind nunmehr versiegelt, die Gesichter, denen einst von einer sterblichen Hand, vielleicht aus Rache, menschliche Formen verliehen wurden, sind nicht wiederzuerkennen; von den Wänden tropfen verspätete Tränen als schwarze Kiesel herab. Gleich Blut herabrinnender Sand, der aus dem zerfetzten Steingesicht der Nacht trieft … Nichts als Sand. Fließender, sich sammelnder, überall eindringender Sand. Die Materie der Vergänglichkeit, Geheimnis und Fehler der Existenz, einzigartig und vergessen … Eine Handvoll Sand. Das Gedächtnis eines längst zerbrochenen, zu Sand gewordenen Spiegels, in Jahrhunderten Stunde um Stunde, Korn um Korn zerfallen …

Die Wörter ... Über das eigene Schweigen herabgesenkte, im Leeren nach Luft schnappende Masken ... Wie in einen Strudel geraten, wirbeln sie auseinander, finden wieder zusammen, trennen sich erneut, flammen auf und erlöschen ... Als kämen sie aus der Erde der Toten, würden von einer wütenden Bö erfasst und auf Nimmerwiedersehen davongefegt ... In eine vergessene, verlorene, um jeden Preis existierende andere Welt ...

Übrig bleiben lediglich leere weiße Blätter. Nackt und unfruchtbar, wie ganz am Anfang. In ihrem einsamen Schrei schweige ich.

Das Licht, das jeglichen Anfang ermöglicht

Ich raffte meine Papiere in der Ahnung zusammen, ein »letzter Satz« müsse eher auf einen Anfang verweisen als auf ein Ende ... Als erwartete mich eine Stimme, die sich verkörpern wollte, ein Bild auf der Suche nach seiner Stimme, eine Geschichte, die sich in einem Atemzug erfüllen würde ... Ein Leben, das sich danach sehnte, in Worte gefasst zu werden. Wie der unwiderstehliche Ruf ferner Ufer, wie ein dünner Lichtstrahl, der unter der Schwelle tiefster Finsternis hindurchdringt. Ein Licht, das aus dem »Land der Zukunft« dringt, das alle Wege der Nacht bedeckt und näher und wahrer ist als die Dunkelheit in ihm. Das Wort des Lichts, das Wunder des Lichts ... Das Licht, das jeglichen Anfang ermöglicht. Das stets fließt und alles umfängt und in sich aufnimmt, sogar das Nichts, denn geboren ist es aus der Vereinigung von Nacht und Dunkelheit, von Dunkelheit und Schatten, von dem ersten Nichts und der Zeit und den Träumen. Eine von Wort zu Wort fließende Stimme sagte »Leben«, vielleicht war es auch die zwischen den Wörtern herrschende Stille, als hätte sie das Wort gefunden, nach dem sie immer gesucht hatte ... »Da ist das Leben, also das, was dir bleibt, wenn du alles verloren hast«, sagte vielleicht die Stille, die sich in allen Wörtern ansammelt. Das Licht wiederum rief, rief stumm, holte aus meiner Nacht ein »Morgen« heraus ... Auf einen neuen Tag zu, auf Horizonte, die ein neues Verschwinden versprechen, auf die sich entfernenden Ufer jenes Wortes zu, das verurteilt ist, nie ausgesprochen zu werden ... »Mach weiter«, schien es zu flüstern und schuf mit einem Streicheln die Hülle der Erde neu, und weiter sagte es nichts.

Ein herber blauer Morgen, blass und durchsichtig, kommt noch einmal zur Welt, scheu wie ein Gast ... Doch die Welt scheint ihre Nacht noch nicht beendet zu haben.

Das eigentliche Wunder des Wortes ist, dass es nicht gesagt werden kann.

ALLE STUNDEN UND KEINE

I

Was hört der Mensch?

Er hört, wie Vögel über den Boden flattern, wie zum Trocknen aufgehängte Wäsche im Wind knattert, wie die Erde sich in unruhigem Schlafe regt, wie Wasser über steile Felsen spritzt, wie der Regen übers Meer herniedergeht, wie Tropfen auf Blätter, Dächer, Menschengesichter prasseln, wie auf dem Gehsteig zögerliche und entschlossene Schritte widerhallen ... Er hört die Laute der aus dem Dunkel Kommenden. Die Laute, die am Nachtwind hängen bleiben. Hört, wie die Wörter, müde vom täglichen Gebrauch, zum Meer hinunterfließen, hört die dumpfe Sirene eines auslaufenden Schiffes, hört den Ruf, der allem Vergangenen erklingt, jenen ständig wiederholten Ruf ... Hört, wie in allen Ecken der Welt Türen auf- und zugehen, Türen zugeschlagen werden. Er hört das Blut durch seine Adern fließen, hört, wie es rauscht und allmählich an Schwung verliert. Hört die Melodien von versunkenen Häfen und Inseln aufsteigen, aus dem weiten Gedächtnis des Meeres. Hört die Schatten, die zwischen den Wänden umhergeistern, hört die auf und ab gehenden Häftlinge, die Schlaflosen, die Einbrecher, die unerhörten Gebete, die Schreie aus fernen Bränden, die noch ungeschriebenen Briefe ... Hört, wie zwischen Steinen hervor dumpfe Rufe ertönen: »Mehr!«, »Ich!«, »Genug!« Hört eine Träne in den

Ozean rollen, hört, wie die Welt dahinwogt, tanzt, einstürzt, wieder aufgebaut wird und sich unter dem Befehl der Menschen immer weiterdreht. Die unaufhörlich durch uns hindurchziehende Welt ...

Unentschlossen beginne ich ... Und gebe beides zu: dass ich mich entscheiden muss, und dass es ein Beginn ist ... Beim ersten Stolpern bleibe ich schon hängen, versehe die Unendlichkeit ungeschriebener Zeilen mit Punkten. Als dienten die kleinen schwarzen Rundungen aus Menschenhand dazu, auf die Leere hinzuweisen, die zwischen ihnen herrscht, sie zu verdeutlichen, sichtbar zu machen. So beginnt die Erzählung von einer Existenz, unentschlossen, mit der Verkörperung von Worten, die sich in der Leere verfangen haben, die wie ein Netz über sie geworfen wurden, und selbstverständlich mit einer Enttäuschung ...
Soll das meine Geschichte sein?

Ein Tag, der eine riesige Welt in sich birgt, eine aus Licht und Lauten geformte herrliche Welt, hat längst die Hälfte des Weges zurückgelegt und mich überholt. Das blassblaue Mittagslicht ... Ein Spiegel, eine Kinderstimme, ein Akkordeon in der Ferne, ein Toter ... Meine Weggefährten.
Die ganze Nacht saß ich vor den leeren weißen Blättern, um aus einer unmittelbaren Enttäuschung heraus zu sprechen, die so alt scheint wie die Welt. Immer auf der Suche nach dem Licht, dem Wunder, der Tragödie, die mir ermöglichen, den letzten Satz zu schreiben. Inmitten leerer Blätter, halb voller Blätter, zerrissener Blätter saß ich in einem Zeitabschnitt da wie eine einzelne Note, die zu jeder Melodie hätte gehören können, doch in keine einzige hineinfand. Von dem gefühllosen Stift, den ich krampfhaft in der Hand hielt, erwartete ich, dass er mein »Ich« aus mir herausholte, es Wort für Wort dieser Öde entriss, den Lauten dieser städtischen Nacht, den zitternden Lichtern und dem Raunen der Gegenstände,

den länger werdenden Schatten, den stillen, dunklen Straßen. Ich erwartete, dass zwischen aufgereihten Buchstaben und Sätzen, den abgenutzten, zerfetzten und zerrupften Existenzen noch etwas Ganzes, etwas Lebendiges zu finden sei. Da war aber nichts in jener Nacht, was die Wörter hätte voneinander trennen, die schweigenden Gespenster zum Sprechen bringen können. Niemand in mir wollte hervortreten und »ich« sagen, niemand sich dieses Wortes annehmen, sich zu dem Gesicht im Spiegel bekennen, diese Stimme tragen, diesen Schatten, dieses Schicksal. In wessen Blut hätte ich gehen können? All das Papier war zu nichts nutze. Dass die Welt so voll war, dass auch die Nacht, die niemanden freigab, so voll war, nutzte nichts.

Das weiße Blatt nahm die Zeichen darauf stillschweigend hin, doch die Leere glaubte unerschütterlich, trotz aller menschlichen Spuren dennoch Leere zu bleiben. Die ganze Nacht saß ich vor leeren weißen Blättern, um mit meiner Einsamkeit zu sprechen. Ein Spiegel, eine Kinderstimme, eine ferne Stadt, ein Toter ... Meine Weggefährten.

STUNDE DER TRENNUNG

Als ich dir deinen Kaffee hinhielt, zitterte meine Hand nicht. Du sahst mich lange an, als wolltest du deinen Schmerz verbergen und mir deine Augen überlassen. Dafür war ich dir dankbar, dennoch sprach ich ungerührt weiter: »Nur wer es versteht, eine Wüste zu betrachten, kann so viele Formen des Nichts unterscheiden. Geheimnis, Dunkelheit, Chaos, Abwesenheit, Nirgendhaftigkeit ...« Du hörtest mir nicht zu, und ich sprach auch nur, um nichts sagen zu müssen. »Sie schnitten den Toten die Herzen heraus und beerdigten sie neben ihnen, weil sie daran glaubten, dass das Wort, mit dem alles beginnt, durch das Herz und nur durch das Herz kommt. Und einen Spiegel legten sie ins Grab.« Deine Augen glänzen wie nasse Kieselsteine, mit reinem, wildem Schmerz, als würde die Konfrontation mit meinen Sätzen deine Blicke befeuchten, doch überwindest du jede Welle. Was deine Augen so überschwemmt, ist vielleicht all das, was du sagen möchtest, aber nicht zu sagen vermagst. Sofort zieht das Meer sich zurück, wieder erscheinen die Kiesel ... »Wann kommst du zurück?« – »Frag mich nicht!« Du erhebst dich, hast nicht einmal deinen Kaffee getrunken; wie Gladiatoren stehen wir uns gegenüber. Zwischen uns erstreckt sich der längste Satz der Welt, wir fangen am einen Ende an und arbeiten uns bis dahin vor, wo wir nicht mehr sind. Wir sagen »ich« und sagen »du« und brechen weiter auseinander. Du gibst mir Zeit für einen letzten Abschied, wartest vielleicht auf einen Satz, mit dem sich von vorne anfangen ließe, mit dem man die Welt wieder aufbauen und zum Sprechen bringen kann. Mir bleiben ein paar Minuten, um ins Herz des Labyrinths hinabzusteigen und sogar einen Toten zur Rückkehr zu bewegen. Vielleicht willst du auch, dass ich alles zu Ende bringe, damit jegliche Rückkehr unnötig wird und die Götter und die Toten weiter schweigen können. »Manchmal passen ein Topf und ein Deckel so gut zusammen«, sage ich, »dass sogar Gott neidisch wird. Dann rüttelt er so lange daran, bis der eine den anderen loswird.« Das ist nicht gelogen, dennoch zerspringen meine Vokale, sobald sie an deine Augen stoßen, in tausend Stücke und kullern auf den Steinen davon.

»Manchmal passen zwei Herzen so gut zusammen, dass sogar Gott neidisch wird. Dann bringt er das eine oder das andere Herz zum Schweigen und hält beiden einen Spiegel vor.« Du hast mich nicht mehr gehört, bist längst gegangen. Die alten Ägypter verstanden sich darauf, die Wüste zu betrachten, sie kamen ohne Vokale aus, und ihren Toten zerfetzten sie vor dem Begräbnis das Herz. Ein Toter, ein Herz, ein Spiegel. Sahen sich Tausende von Jahren lang an. Ich kehre still in die Wüste zurück und trinke meinen Kaffee aus.

Der Schmerz beginnt mit der Haut, und Geschichten mit dem Schmerz … Eigentlich hat keine Geschichte einen Anfang oder ein Ende, und doch muss ich jeden Satz beenden, ihn mit Auslassungspunkten begrenzen und ins Meer des Schweigens schleudern, damit er sich mit Leben füllt … Und dann sein Schicksal erleben. Als wäre ich reines Licht, um zu mir selbst »Sei!« zu sagen und zu sein. Ich muss einen Körper und Schatten erschaffen, und einen Namen, den ich rufen kann. Vielleicht ist mein Körper nichts anderes als ein Zahn, an den die Zunge stößt, um Laute hervorzubringen, ein dünnes Häutchen und ein Knochen. Ein weites Schlachtfeld, auf dem das Gesagte und das Ungesagte einen tödlichen

Kampf führen … Wo der Sieger und der Besiegte still vor sich hin rotten, und wo der Mensch zu Schlamm wird und der Schlamm zu Mensch …

Oder ist das meine Geschichte? Dieses Zögern, das schon bei den ersten Wörtern in eine Leere mündet? Dabei hat es mich eine ganze Welt gekostet, überhaupt anzufangen.

Wieder anfangen. Ganz von vorne, es noch einmal versuchen. Wozu? Wieder einen Schritt auf das Nicht-Erzählbare hin tun, den Schritt wiederholen, um die Umlaufbahn zu ändern und einen neuen Kreis zu zeichnen … Nur um zu gehen, um es zu versuchen. Bis zum letzten Satz. Das sind nur ausweichende Antworten. Ja nicht einmal Antworten, lediglich Erwiderungen. Nein. Vielleicht.

Du fürchtest dich. Ja.

Es ist schon Morgen. Sollen wir weitermachen? Haben wir uns noch etwas zu sagen?

Ich stecke mitten in all diesen abgehackten Sätzen, diesen Lauten, die mich nach vorne drängen oder zurückstoßen, diesen Anfängen, diesen Weggabelungen, diesen Schritten in hartem Granit. Mitten im wirren Leben verfangen. Mein Körper ist nur eine Spur, ist wie jede Wunde meistens stumm, doch wenn er spricht, tut er dies mit furchterregender Stimme und vermag nicht zu lügen. Wie der Wald, den ich verlassen habe, um zu euch zu kommen. Wie meine Kindheit, wie mein Tod …

Das ist mein letztes Blatt. Ich würde gern noch mehr schreiben. Wenn ich auch nicht weiß, wozu … Ich würde gerne noch sagen, dass … Der letzte Satz kommt immer auf dem nächsten Blatt, in der gleich folgenden Stunde, in der nächsten letzten Stunde. An einem noch unversprochenen neuen Tag. Ach, wenn doch … Dennoch … Trotz allem. In diese paar Wörter passt mein ganzes Leben, mit all seinen Anfängen und Enden, mit allem, was geschehen und nicht geschehen ist, ja nicht einmal angefangen wurde, und aus der Leere zwischen diesen Wörtern und mir formt sich mein Leben. Dennoch und trotz allem spüre ich, dass ich einen Dank schuldig bin, aber wem, das weiß ich nicht. Vielleicht dem Wind. Dem Sturm, der um Mitternacht losbricht, den durchgerüttelten, knarrenden Ästen, dem zwischen feuchten Blättern hindurchscheinenden Mond …

All das, diese Kommas, Punkte, Wiederholungen, Zögerlichkeiten, Seiten, gibt es nur, damit ich die Stimmen höre, die sich für eine Weile in meinem Körper eingenistet, dort Form angenommen haben und mich rufen oder mir antworten. Die »du« zu mir sagen, oder »ich«, oder »das genügt«, oder »weiter«, oder »ja«, oder »nein« … Damit meine sichtbaren Hände das Unsichtbare berühren, und die in mir kämpfenden Schatten sich atemlos nebeneinander ausstrecken. Damit ich mich von meinen Toten verabschieden kann.

Damit ich der blinden Katze auf meinem Schoß von dem Baum erzählen kann, der Ast für Ast aus dem ersten Dämmerlicht auftaucht und allmählich seine wahren Konturen erreicht, während über uns kreischende Möwen und gurrende Tauben kreisen. Damit ich von diesem einzigen Baum erzählen kann, bis hin zu den Wassertröpfchen, die auf seinen Blättern silbrig zittern … Von dem Baum, der sich von der Erde bis zum Himmel erstreckt und von beiden sein Wasser bezieht. Damit ich auf den Horizont zeigen kann, der alles umfasst, was noch nicht verloren ist, und sagen kann: »Das ist die Erde! Die Welt, an deren Ufern wir uns aufhalten! Das Leben, das wir weiterleben! Auch das von der unendlichen Schönheit aller Existenz kündende Licht ist da, das aus der Vereinigung tiefen Dunkels mit der Nacht entstanden ist, aus deinem Dunkel und meiner Nacht …«

Damit ich einen einzigen Satz schreiben kann. Einen einzigen Satz, der wie von selbst in den neuen Tag hineinfließt, dort in aller Stille prächtig aufglänzt, sich auf den Weg macht und später guten Gewissens wieder untergeht …

ACH!

Alles, was ich sagen möchte,

erstrahlt auf dem schmutzigen Gehsteig wie ein silberner Ring,

und niemand hebt es auf.

Alles, was ich sagen möchte,

steckt in einem engen Tal der Zeit,

ein paar Sekunden, vielleicht ein paar Minuten entfernt,

doch in der Tiefe von mehr als dreißig Lebensjahren.

ALLE STUNDEN UND KEINE

II

Endlich allein sein. Ins Haus gehen, die Tür schließen, die feuchte Jacke und die Mütze aufhängen, die windigen Wege, den Schlamm, die laute Welt der Menschen draußen lassen. Bevor noch alles zu Ende ist, den Tag draußen lassen, der die Spuren, die von dir bleiben, überdeckt wie der Schnee die Fußspuren. Sich von dem Flitter befreien, der einem vorgaukelt, man stünde mitten im Leben, und in der vollgestopften Seele Platz machen für das Große, Weite, Einzige. Weg mit dem Tand, den leuchtenden Schaufenstern, den verrottenden Überresten, den mit Spucke besudelten Wörtern, den beim Lächeln gezeigten Zähnen, den nur zu einem nackten Schädel passenden Ausdrücken ... Am vom Abend starr eingerahmten Tag kratzen und nach etwas suchen, was nur einem selbst gehört, was noch zu retten ist. Ohne das Licht anzumachen, im halbdunklen Korridor vor dem Spiegel stehen. Dein müdes, bleiches, fleckiges Gesicht. Es ist alt geworden. Erwartet deinen Blick, packt ihn, verleugnet ihn, weist ihn ab ...

Meine Gefühle sind bitter, erkaltet, zusammengepresst wie Kaffeesatz ... Sie haben meinem Gesicht Linien eingeprägt; soll ich aus ihnen etwa meine Zukunft lesen, ein neues Morgen nach dem anderen? Jener von heute – und zahllosen anderen Tagen – übrig gebliebene Kaffeesatz, diese Ablagerung, die ich »die Geschichte meines Lebens« nenne … Könnte ich doch nur diesen klebrigen Gefühlen entfliehen und doch das Leben, das sie hervorbringt, in Händen halten und auskosten … Könnte ich inmitten meiner eigenen Wahrheit innehalten und sie mit einem deutlichen Kreis begrenzen … Spät bin ich dran mit meinem Wunsch, eine Geschichte zu erzählen, mich in eine Erzählung, einen Schrei zu verwandeln …

Ich bleibe in einem Gang stehen, der in lauter leere Zimmer führt, und sehe vom einen Ende meines Lebens zum anderen, und sogar darüber hinaus, bis dahin, wo ich nicht mehr bin. Mein Körper ist schwer geworden, es zieht ihn zu Boden, die Schultern sind versteinert. Diese Stille, dieser Überdruss, die ferne Welt der Gegenstände, die meine Einsamkeit umgeben. Wenn es nichts gibt außer verschwommenen Bildern, außer vagen Geschichten und Wiederholungen, wenn der Sinn meiner Worte nicht über mich hinausreicht und hier nichts weiter existiert als die paar Sedimente in mir, wie soll ich dann daran glauben, dass nicht alles umsonst ist? Wie soll meine Existenz, die mit den Nebeln tanzt, überhaupt den Mut aufbringen, »jetzt« zu sagen? Zwischen all den Ichs, von denen die einen schon verbraucht und verschlissen sind und die anderen noch in keine Form gegossen, ja noch gar nicht ersonnen sind? Nur mein eigenes Gesicht sieht mich im Halbdunkel an, eine Weile stehen wir uns gegenüber wie zu Raureif erstarrt, dann kehrt seine Einsamkeit der meinen den Rücken zu. Morgen werde ich mutiger sein. Ich habe ja noch so viele Morgen vor mir.

Zwischen ausgebreiteten Blättern, halb vollen Gläsern und überquellenden Aschenbechern sitze ich da, wo der Zufall mich hingeführt hat. Es gebricht mir an einer Antwort, einer Stimme, einem Gefühl, dennoch drücke ich mir einen Stift in die Hand. Manchmal ist es so unendlich schwer …

Mein Blick schweift von der einen Wand zur anderen, schweift den von Schatten durchzogenen Boden entlang. Wie ein karger Fluss krümmt er sich auf dem harten Boden der Stille. Ich fange an, halte augenblicklich inne, erinnere mich an etwas, vergesse es wieder, wie ein Straßenköter scheine ich meine Geschichte völlig abgenagt zu haben. Türen werden zugeschlagen, vor mir, hinter mir, und die Stunden ziehen unaufhaltsam durch meinen Körper hindurch. (»Die Füße der Stunden zeigen nach hinten«, besagt ein alter Satz.) Vielleicht ist es ja so, dass das Leben sich zeigt, sobald ich den Blick davon abwende, und dass es leise mit mir spricht, wenn ich nicht mehr um Wörter bettle, Fußnoten schreibe und inständig nach ihm rufe. Tausende von Nächten, aus denen ich heil hervorgegangen bin, haben nichts genützt, sie haben mich lediglich in jene noch engere, noch ewigere Nacht geführt, in die finsterste aller Einsamkeiten, ohne sich an eine der Tausenden von Erwiderungen zu erinnern, die sie einst gaben. Ich bleibe in der Umlaufbahn mal des einen, mal des anderen Satzes hängen und ziehe meine Kreise, bis ich einem Echo gleiche, das nicht einmal mehr weiß, welchen Namen es da wiederholt ... Ich bin hier und zugleich nirgendwo, kann nicht gehen und nicht bleiben, bin auf meine nackte, bloße Existenz reduziert und finde für mich kein Schicksal mehr, das sich mit Worten irgendwie ausdrücken ließe.

Mit auf den Tisch gestützten Ellbogen sitzt eine Frau da und schreibt und schreibt ... Wie ein verschrecktes Feuer, das in menschenlosen Räumen vor sich hin brennt. Sie sucht nach einem Riegel, der sich plötzlich öffnet, nach Dauerhaftigkeit, ja Ewigkeit, sucht nach einem Wort, mit dem ihr halbwegs erzähltes Dasein an die Wahrheit andocken könnte. Das letzte, wahrhaftigste Wort, das aus absolutem Vergessen und absolutem Erinnern entsteht und alles bisher Gesagte sowohl wiederholt als auch löscht ... Die leichenblassen Hände der Frau, ein aus Menschenknochen dicht geknüpftes Netz, durchkämmen die Oberfläche des Unbekannten bis in die völlig durchlässige, von den Stunden immer weiter in die Tiefe gedrängte Nacht ... Vage Träume, verschwommene Grenzen des Schlafes, ein zerbröseltes Herz, Aschengeruch. Knochen, Asche, Schweigen. Ihre auf das glänzende, makellose Papier gerichteten

Augen scheinen das Leben selbst anzuschauen, als hoffte sie, ein toter Vogel auf ihrer Hand schlüge auf einmal wieder mit den Flügeln.

Ein unruhiges, lebendiges Dunkel … Die Nacht der ineinander verknäuelten Menschen. Brüderlich geteilte schwarze Milch verklumpt, kaum wird sie zu den Lippen geführt. Um im Jetzt bestehen zu können, musst du deine eigene Nacht aus diesem Gemenge fischen. Musst ihre Stimme übernehmen, dich ihrer Form angleichen, ihr Licht widerspiegeln … Mit frierenden Händen musst du aus steilen Felsen eine Vergangenheit herausreißen, und eine ganze Portion Zukunft … Mit deinem Herzen, das gelernt hat, sich unter Dächer zu flüchten, Türen zu schließen, zu vertrocknen, musst du hinter den Satz einen Schlusspunkt setzen. Während du wie ein Stein versinkst, musst du es in immer größeren Ringen bis zum Ufer schaffen, musst zu den entferntesten Grenzen aufbrechen …

Das Zimmer füllt sich mit Regengeplätscher, wieder ist eine Zigarette in Rauch und Asche aufgegangen, das Messer, das die Wörter von Grund auf schnitzt, schnitzt mir eine Seele. Was zu Beginn war, ist so nackt wie zu Beginn. Die Blätter sind nun fleckig wie ich selbst. Ich bin in allen Stunden und in keiner. Die Zeit fließt in mich hinein und wünscht sich einen Körper, das Leben fließt in diesen Körper hinein und wünscht sich eine Stimme, die in zahllose Welten hinausruft. In längst erloschene rußschwarze Welten ebenso wie in noch ungeformte, wilde, die bereit sind, aus lauwarmer Leere heraus zu erstehen. In eine Welt, in der alles vollendet, alles völlig wahr und sinnhaft ist, und in eine andere, die aus reinem Licht, aus einem Zittern, aus Träumen und aus Schlaf besteht …

Tief erschöpft stehe ich vom Tisch auf. Der Morgen ist schon angebrochen. Ohne über ein einziges Wort zu stolpern, ist das Leben aus der Schale herausgeflossen, zu der ich erst jetzt »ich« sagen kann … Ich blicke auf die an den seichten Ufern der Einsamkeit aufgesammelten Wörter, die mir die gewöhnliche Nacht in

Wellen herbeigetragen hat … Wenn ich die Ohren spitze, höre ich das Gelächter der Unendlichkeit. Hier also bin ich, hier, wo ich schweige … Jeder Tag wird in eine verlorene Welt hineingeboren, der ich eine andere Geschichte, einen neuen Namen, eine neue Stille verleihe. Nun kann ich mich mit einer Tasse kalt gewordenem Kaffee begnügen.

WAS HÖRT DER MENSCH?

Wenn der Mensch aufmerksam genug lauscht, vernimmt er Laute, die er bis dahin nie gehört hat. Zum Beispiel hört er, wie Wildpferde auf eine Wüste zulaufen, die von keinem einzigen Schatten verdunkelt wird, wie Tausende von Vögeln ihr Geschrei erheben, wie jemand zum Abschied ein Taschentuch schwenkt, wie die Wurzeln im Angedenken ans Tageslicht Stufe um Stufe in ihre Unterwelt hinabsteigen, wie ein zahnloser alter Mund ein Liebeslied murmelt, er hört Festzüge, Siegesmärsche, das Knarren eines Galgens … Steine, die eine Geröllhalde hinunterrollen – das sind die schwarzen Tränen der Titanen, die den Krieg verloren haben. Im Wind schwankende, vertrocknete Bäume, Klagelieder, das Splittern eines Knochens, den zarten Schrei, den eine Hülse, eine Kapsel ausstößt, wenn sie aufbricht. Späte, zu späte Schritte … Selbst ein Lächeln kann der Mensch hören, wenn er nur will, einen Blick, einen Stern, das Verheilen einer Wunde. Das Erwachen einer Jahreszeit auf einem zart erblühenden Zweig, die Gebete, die einer Ähre zugeflüstert werden, bevor sie den Boden durchbricht … Wasserfälle, auf der Straße dahintreibende Blätter, Papiere, Briefe, die im Morgengrauen der Menschenwelt entrissen und ins Leben geschickt werden, einen nahen Chor, golden wogende Weizenfelder, den Ruf der Ferne, das eigene Schicksal, das einen efeuartig umrankt … Den Regen, der einst hier wohnte, doch längst fortgezogen ist und jedermanns Geschichte erzählt. Auch eine in den

Himmel abgefeuerte Kugel kann der Mensch hören, ebenso wie ein Gebet ... Die Stille, die alles Verlorene umhüllt ... Wenn der Mensch furchtlos lauscht, kann er das lebendige Dunkel unter den Schritten hören, die Melodie der Wurzeln und der Toten, die miteinander verknotet sind, den Durst eines Baumes, der nach langem Vergessen wieder auflebt, den glühenden Atem der Götter, die rauschende, sich windende Leere ... In allen Ecken des Herzens aufgehende, zugehende, zugeschlagene Türen. Im verzweifelten Schweigen der Wörter kann der Mensch den Pulsschlag hören, der das Leben vom einen Ende zum anderen wie ein Netz umfängt, das Pendel, das im eigenen Körper schlägt, das pochende und tobende, dann allmählich kraftloser werdende Herz. Namen, Geschichten, die Stimme, die von der Zeit erzählt ... So wie man den Regen, der stundenlang gefallen ist, erst bemerkt, wenn er aufhört, kann der Mensch mit seinen letzten paar Tropfen alle Laute hören, die einen die Stille lehrt.

DIE STUNDE DER ABWESENHEIT

Mich friert in der Kälte meines Lebens. Ich erzähle und erzähle, um Luft zu bekommen. Lauter Geschichten, eine nach der anderen, eine haarsträubender als die andere. Ich halte nur inne, um einen Kaffee zu bestellen oder eine Zigarette anzuzünden. Im Grunde steige ich die Treppe des Schweigens noch eine Stufe hinauf, um noch tiefer fallen zu können … Tausende von Tode habe ich schon durchstanden. Ein abgehacktes Leben vermischt sich mit dem Scheppern des Geschirrs und dem Stimmengewirr der Gäste, ein unvollendeter Schrei, von einem Wort zum anderen weitergereicht, wabert zwischen den Speisenden umher wie ein Netz. »Den ganzen Abend hast du nichts gegessen«, sagt er und reißt ein Stück Brot ab. Ich betrachte mein Messer, es ist noch völlig sauber. Weder beansprucht noch abgenützt.

Sich ringförmig ausbreitende, schlangenartig verwickelnde Geschichten … Ein Gewitter bricht aus, rasch drückt die Kälte ins Restaurant, Türen schlagen zu, Lichter gehen aus. Die Fensterscheiben zittern wie riesige Flügel, unheilvolle Schatten tanzen an den blassgelben Wänden. Eine Rose fällt zu Boden, an ihrem Stiel ist Blut … Was genau soll er eigentlich empfinden, wenn er mir zuhört? Er greift zu seinem Weinglas, wirft einen heimlichen Blick auf den Nachbartisch. Die Nacht in dieser Stadt ist voller schöner, geheimnisvoller Frauen und voller fröhlicher, gelassener Männer. Meine Augen fixieren das blütenweiße Tischtuch, leblos, fremd, nackt. Wie eine Statue, die seit Jahrtausenden das in der Wüste versteckte Leben beobachtet; vielleicht zeigt mein Blick die Pupillen der Wüste, die auf das Jetzt gerichtet sind …

Aus irgendeinem Punkt der Leere zerre ich eine Riesenwelt heraus, die eine Geschlossenheit besitzt, ein Wesen, eine Zeit, die zwar besiegt sein mag, aber nicht verloren, sondern gerettet. Wo ich hinschaue, ist eine Welt, bist du. In dir finde ich sämtliche Wege, die zum Tod führen, und folge ihnen bis zum Schluss, als streichelte ich mit dem Finger eine Wunde … Du hingegen fragst mich nach dem einzigen Weg zum Leben, nach einem schnurgeraden, einfachen, gut erhellten, endlosen Weg. An einem Tisch wird gelacht, jemand erzählt von sich, ein anderer vom Leben, ich erkenne mein vom Messer gespiegeltes Gesicht, es ist dünn, verschwommen, knochenfarbig. Was genau empfindet er, wenn er »Das weiß ich doch alles« sagt? Die Musik verstummt, die Bissen auf Löffeln und Gabeln erstarren, der Raum dreht sich, der Wind zieht Kreise, Himmel und Erde, Wasser und Land wirbeln durcheinander, das Messer schneidet ins Fleisch. Eine Vase zerbricht. Natürlich weißt du es.

Stunde um Stunde, Minute um Minute, Jahr um Jahr … Geschichten. Ich kann den Blick nicht vom Tischtuch abwenden, das einem Leichentuch gleicht, als würde alles, was auf Erden geschieht, sich darin widerspiegeln. Vielleicht wird das Original jedes Bildes ja vom Leben selbst aus dem Nichts herausgeschnitzt. Und das Leben verleiht jedem Wort einen Körper und lässt jede Geschichte zur rechten Zeit wahr werden … Mit viel Geschick und ganz ohne Zwang, nicht so stotternd wie ich … Ich will zugleich mich selbst loswerden und ganz ich selbst sein, und diese widersprüchlichen Wünsche schneiden wie zwei scharfe Messer von zwei Seiten her Wörter aus mir heraus, bis nur noch ein knochenfarbiger Widerschein von mir übrig ist, eine Narbe. Die Sätze fliehen aus dem Dunkel des Vergessens, alle angeschossen, durchlöchert.

Asche, Rauch, Kälte. Von allen Seiten pfeifen Kugeln durch die Luft, ein Teller fällt scheppernd zu Boden, ein Glas wird zerschmettert, Jagdhunde klauben ohne Unterschied Tote und Verwundete auf, der Tisch ist von Scherben übersät, die Flügel schlagen ein letztes Mal, mein Gesicht ist feuerrot. Ich zünde mir noch eine Zigarette an, gleich werde ich schweigen müssen. Was einmal mein »Ich« war, hat sich Geschichte um Geschichte von seiner Schale gelöst und ist dahin. Inmitten von Brotkrümeln und Soßenflecken werde ich verschrumpelt dasitzen; schweigsam, wirklich und immer noch lebendig. Besiegt, verleugnet ... »Was ist mit deiner Hand los?«, fragt er besorgt. Wie leicht er doch die Abkürzung findet, die zum Leben zurückführt, so wie man wie von selbst den Lichtschalter findet. Würde er gehen, würde das Leben oder das, was er das Leben nennt, ihm einfach folgen, das weiß er, und darum sorgt er sich um mich. »Ich habe mich geschnitten.« Wunden sprechen nur selten, ihre Stimme aber ist furchterregend. Aus unendlichem Durst sprechen sie, als würden sie die Wörter trinken. Ein Lügen ist ihnen unmöglich. Er hält mir eine Serviette hin, eine Frau stößt ein Lachen aus, der Abend regt sich, ein kleines Mädchen hat sich an steilen Felsen die Hände blutig geschrammt, das Messer fällt zwischen Beefsteak-, Gewürz- und Weindunst zu Boden.

Eine Geschichte, ein Tod, noch ein Tod ... Vom blutigen Tischtuch blicke ich auf das einzige Gesicht, das ich nicht löschen kann, und es ist, als würde ich in den Spiegel sehen. Ich habe einen salzigen Geschmack im Mund, als hätte ich ein riesiges Meer leer getrunken. Schau nur, sage ich zu ihm, schau in die Tiefe meines Meeres hinab ... Zu den bunten Korallenfeldern, den roten Fischen, den silbrigen Sandbergen, den großen weißen Walen, den in Wracks versteckten Schätzen, schau dir dieses glänzende Leben an, in das du Tausende von Kilometern hinuntertauchen kannst und am Ende doch nur mit einer Handvoll Sand zurückkehrst! Entsetzt schließt er die Augen, als hätte ich ihm neben die Garnelen und die Obstschalen ein frisch abgezogenes, feuchtes, warmes Fell gelegt. Als hätte ich mein Leben geschält, auf dem Tisch ausgebreitet und von ihm verlangt, es in die Hand zu nehmen ... Gar verlangt, er solle es mit festem und doch weichem, wundervollem Griff wieder zum Leben erwecken!

Er ruft den Kellner, möchte er etwa die Rechnung? Ich warte; was wird geschehen, wenn ich schweigen muss? Er sieht mich nicht, will nicht im Blut von anderen gehen, ich lege das Messer wieder hin, lächle jenseits von Melancholie und Schmerz. Mit einer einzigen Geste hat er die Welt zurückgerufen, und sie ist gekommen! Das Leben fließt herein, zart und flüchtig wie Schaum, er hat die Welt nie verloren, wenigstens nicht diese Welt; der Himmel ist mit ihm, die Sterne sind mit ihm, zwischen ihm und dem Horizont gibt es keine Scherben und keine Flecken, keinen Toten und keine Wüste. Das Meer des Lebens schwillt an, eine riesige Welle lässt alles davonschwappen. Tische, Stühle, Gläser, die Menschen dieser Stadt, dieser Nacht ... Alle Wörter sind unter Wasser, in dunklem, schwerem Wasser, eines nach dem anderen gehen sie unter und deuten dabei auf das gegenüberliegende Ufer ... Keine Sorge, sagen sie zu mir, zwischen dem Singsang von Algen und Meerjungfrauen, die Lungen schon voller Sand, es dauert nicht lang, bis du ertrunken bist ...

DANACH

Danach … Nach den Seiten, den Stunden, dem Zögern, den Punkten, nach so viel Furcht … Eigentlich beginnt es jetzt. Und es gibt mehr als nur ein Jetzt, mehr als nur ein Morgen, mehr als nur ein Danach. Wenn mir nichts übrig bleibt, als einen unvollendeten Brief in den leeren Umschlag der Zukunft zu stecken und zu versiegeln … Nach den Machenschaften der mal vorpreschenden, übergriffigen, mal sich zurückziehenden Furcht, nach einer Geburt, die zu keinem Leben führt, nach dem blutigen Wunder, das keiner braucht … Wenn das, was ich mein »Ich« nenne, weil ich keinen anderen Namen dafür weiß oder glaube, dass ich das »Ich« momentan verdient habe, aus dem Kokon hervorkriecht, der wohl eher erwartete, ich würde mich darin langsam auflösen … Als würde ich aus einem zerrissenen Häutchen herausquellen, trete ich auf die Straße. Bereit, von Neuem anzufangen – jedoch womit?

Ich gehe Straßen entlang, zwischen Bäumen, Mauern und lauter Menschen, die entschlossen sind, ihr Leben in die Hand zu nehmen und zu leben … Immer mehr gleiche ich einem Schatten, einem Traumbild, bin schwer, ohne Licht. Fast körperlich schmerzt mich, dass ich an der »echten Welt« – eine gefährliche Definition –, außerhalb der ich schon so lange lebe, auch diesmal wieder nicht teilhaben kann, und so setze ich mutlos einen Schritt vor den anderen. Die Menschen sind ganz lang und dünn, als hätte man sie durch ein Rohr gezwängt, oder als wären sie gestreckte Zeilen. Ihre grellen Gesichter mit der exaltierten Mimik stoßen mich ab. Die Wörter, nach denen ich soeben noch suchte, um einen Text daraus zu machen, höre ich nun tausendfach aus ihrem Mund. Verblüfft verfolge ich, wie sie mit genau diesen Wörtern einander anreden, sich etwas erzählen, etwas fordern, Antworten geben. Mühelos kommen die Wörter heraus, gewohnheitsmäßig, wie von selbst, und finden eigenständig ihren Weg … Und flechten Satz für Satz ein Leben, um das Chaos, den Tod und das Nichts zu verbergen …

Es ist Zeit. Zeit zu schweigen, hinauszugehen, Zeit, dass ich mich mit meiner Einsamkeit auseinandersetze. Dass ich ausbuchstabiere, was ich mit meinem Leben angefangen habe … Und auf den Tod horche, der da mit meiner Stimme spricht … Ein Text ist etwas ganz anderes als die Wirkung, die er hervorruft. Mal blendet diese, mal wird aus dem Herzen ruckartig der Stöpsel herausgezogen und so befreit. Zu schreiben bedeutet doch, dass man Wörter zu einem Schlüsselloch macht, durch das man eine riesige Welt erspäht. Ich aber weiß noch immer nicht, was Freiheit eigentlich ist, nur, dass ich in meinem nackten, abgehäuteten Zustand diese riesige Welt nicht aushalte. Ich weiß lediglich, falls ich versuche, mich ihr zu öffnen, wird auch der letzte Kreis in mir sich auflösen und zerfallen.

Stundenlang so dahingehen … Als würde ich mich einen Wasserfall hinunterstürzen, mich auf all die Menschen und Geschichten loslassen … Ihre Stimmen in mich aufnehmen, bei jedem Schritt aus der Unsichtbarkeit heraustreten, mit voller Wucht in meine eigene Wirklichkeit hinabsinken, ganz allein, als unteilbares Ganzes, als Geschichte zwischen Geschichten, zwischen den vielen Menschen wieder einmal sichtbar werden … Vielleicht war ja alles, die mehr als dreißig Jahre voller erzählter und unerzählter Geschichten, voller Sätze, Nächte, Ängste und Einsamkeit, nur für diesen einen Augenblick, in dem ich mit einem glücksähnlichen

Gefühl in der Wintersonne dahingehe und die Unendlichkeit begreife … Und die Gegenstände, die Tatsachen, alles, jeden … Ich bin auf einmal so voller Dankbarkeit, dass ich am liebsten das Leben wie eine Jacke ausziehen und dem erstbesten Menschen schenken würde, zumindest mein eigenes Leben … Zum Beispiel jener Frau, die hastig über die Straße geht und so auf die Autos konzentriert ist, dass sie mich nicht einmal bemerkt. Ich dagegen nehme jede Einzelheit an ihr wahr und mache mir jede zu eigen, das Ziegelrot ihres Dufflecoats, die Furcht in ihren Augen, das naive, frische, unberührte Siegeslächeln auf ihrem vom Lippenstift befreiten Mund, ihre Schritte, ihre Müdigkeit … Die Mühe, die sie aufbringt, um jeden Tag aufs Neue – ob sie den Grund dafür kennt oder nicht – in den Spiegel zu blicken, sich die Lippen anzumalen, auf die Straße hinauszugehen; die Entschlossenheit, diese Tausenden von Einzelheiten zusammenzubringen und daraus ein Ganzes zu bilden. Ihr Lächeln, durch das mir mein Leben wieder etwas wert ist, ja das Leben an sich … Sodass ich den Atem, der uns eint, diesen Laut, der zerfällt wie Krümel, wieder höre, ihn annehme, für ihn einstehe. Die Welt ist außerhalb von niemandem!

Was wir »Leben« nennen, besteht vielleicht auch nur darin, dass wir hinter etwas herrennen, das wir nicht einmal kennen und auch nicht rufen können, da wir keinen Namen dafür wissen …

So fest schreitest du auf dem harten Pflaster aus, dass dir die Fersen wehtun, du fürchtest dich, bist voller Zweifel … Wenn du nur richtig hinschaust, siehst du in diesen Augenblicken die Unendlichkeit, siehst lauter Bilder, Leben, und in kein einziges davon würdest du dich flüchten können, würdest du hineinpassen, würdest du zurückkehren können … Einen unendlichen Augenblick lang ist es, als stürzest du in einen Wasserfall …

Ich erzähle einmal kurz. Ich war in einer großen, hellen, geschmackvoll eingerichteten Wohnung, in die man mich zum ersten Mal eingeladen hatte. Von lauter Menschen umgeben, die sich auf ihrem

Gebiet einen Namen gemacht hatte, saß ich im Schatten Tausender von Büchern da, einem Erfahrungsschatz von zweihundert Jahren, und schwieg vor mich hin. Es lief Bachs »Die Kunst der Fuge«. Ich kam mir vor wie auf einer Brautschau, denn die Leute, deren Gast ich war, erhofften sich wohl von mir, ich würde etwas Hochgeistiges über die Postmoderne, über das Ende der großen Theorien oder über Lacan von mir geben, oder doch wenigstens bei einer der aufflammenden Diskussionen Partei ergreifen, eine Lösung vorschlagen, irgendeine Frage stellen, die sich als Zeichen von Interesse, Neugier, Intelligenz werten ließe … Der Abend ging in die Nacht über, ich trank auf nüchternen Magen Tasse um Tasse Milchkaffee, Tee, grünen Tee, Hagebuttentee, nahm trotzig keinen Bissen zu mir, qualmte die Menschen um mich herum ein und brachte keinen einzigen Satz heraus, weder einen klugen noch den allerbanalsten. Als hätte ich nicht nur nichts zu sagen, sondern nicht einmal eine Stimme. Als verfügte ich nicht über eine Identität, eine Geschichte, eine geschlossene Ganzheit, sondern bestünde aus dem gleichen Wesen wie die Wörter und könnte mich daher jederzeit auflösen und in dem mit Teppichen ausgelegten, wohlduftenden Wohnzimmer dahinwehen. Gespitzte Ohren, angespannte Lippen, dazwischen »Die Kunst der Fuge« … Ich war in mir selbst eingestürzt, war wie ein Komma zwischen zwei Wörter eingeklemmt, die mir nicht gehörten: »Zeit« und »Nichts« – sie entstammen, glaube ich, einem Vers von Paul Celan, vielleicht auch nicht –, und diese beiden nagelten mich mit den Handgelenken an die Wand meines inneren Schweigens. Der Abend schritt voran, in meinem Kopf drehte sich alles, vom vielen Tee und den vielen Zigaretten wurde mir schlecht, mein Schweigen wurde allmählich nicht mehr als Einfalt, sondern als Hochmut interpretiert. In meiner angespannten Schale hockte ein unauflösliches Büschel verfilzte Einsamkeit. Da traf mich plötzlich von irgendwoher eine seltsame, ja widersinnige Frage: Welche Laute hört der Mensch? Ich hatte sie nicht gestellt und suchte auch keine Antwort darauf, man hatte sie nicht mir gestellt, und eigentlich niemandem … Ich konnte aber nicht verhindern, dass sie in mir widerhallte, mich an den Armen packte und mich irgendwohin beförderte. Ganz schwindlig wurde mir dabei, und ich hatte Angst zu fallen. Wo auf den Menschen doch lawinenartig Worte, Begriffe, Bilder, Geräusche, verlorene oder noch nicht verlorene Laute einstürzen, warum nimmt er nicht dies und jenes, sondern ausgerechnet »diese eine Stimme« wahr? Nur sie oder etwa gar keine? »Komm, ich zeig dir mal das Haus«, sagte die Gastgeberin zu ihrem seit Stunden hartnäckig schweigenden Gast.

Ich schlich hinter einer mit mir sprechenden Stimme her, willenlos, wie im Schlaf, wir gehen einen endlos langen Gang entlang. Um nicht das Gleichgewicht zu verlieren, muss ich mich an der Wand festhalten, auf der Suche nach etwas, das sich unter meinen Händen nicht regt. Wir betreten ein Zimmer, noch eines, das Licht geht an, Fotos, Plakate, Bücher, in einem warmen, belebten Zimmer wird es hell, noch immer habe ich kein Wort gesagt. Zwar nehme ich Einzelheiten wahr, doch formt sich daraus nichts Ganzes. Das Licht geht aus, ich treibe auf einem leeren Schiff dahin, wieder ein Gang, wieder ein Zimmer … Ich gehe die langen Korridore des Schweigens dahin, vor mir ein im Dunkel zerfasernder, ausladender, zitternder, transparent werdender Führer, ein gespenstisches Ziel: Welche Stimmen hört der Mensch? Schließlich stehen wir an der Rückseite des Hauses auf einem Balkon. »Ist das nicht das G.-Krankenhaus?«, frage ich und deute auf ein Gebäude, das mir wie im Traum erscheint, ganz einsam und glänzend steht es mit seinem Leuchtschild da … »Dort bin ich geboren.«

Auf jenem Balkon, auf dem die Gastgeberin mich schließlich alleine ließ, jenseits einer Mauer, hinter die mich eine Frage geführt hatte, deren Sinn ich noch nicht begriffen hatte, hätte ich der Welt vielleicht mein Schicksal zurückgeben können. »Warum bin ich hier?«, hätte ich fragen können. »Was habe ich mit meinem Leben angefangen?« An dem Ort, an dem mir vor etwas mehr als dreißig Jahren eine mit dem Krankenwagen eingelieferte schwangere Frau – blutjung, geschockt, entsetzt – mit einem blutertränkten Schrei mein Schicksal geschenkt hat, hätte ich meine ersten Schritte hören können, meine ersten Gebete, Schwüre, Ängste … Unter den Schichten meines letzten Schreis hätte ich meinen ersten wahrnehmen können … Wir hangeln uns von einem zum nächsten, bis zum letzten Schrei, der letzten Stunde, dem letzten Wort. Jagen stets dem nächsten Komma hinterher, dem nächsten Abschied, der nächsten Kreuzung, dem nächsten Schweigen … Meine Seele war von einem steinschweren Schatten bedeckt, als beobachtete sie, rasselnd atmend, wie ein Galgen aufgestellt wird. Ich stehe wieder vor den Türen des Jetzt, die ich nie durchschritten habe, obwohl sie mir so oft offen standen. Durch lange, dunkle Tunnel bin ich marschiert und marschiert und doch wieder zum Ausgangspunkt zurückgekehrt. Und habe jeweils das Zentrum der Wahrheit verpasst, das Geheimnis des Labyrinths, das Herz des Lebens … Vielleicht hätte ich gerade jetzt wieder dem Nichts übergeben werden können, der Nacht, dem Chaos, der Nirgendheit, dem absoluten Anfang, an dem ich außerhalb der Zeit und außerhalb von allem war …

Und da entdeckte ich ihn plötzlich. Den Mann, der auf den Gehsteig starrte. Als ob er darunter Felsen, Überreste, Asche oder Tote sähe. Er hatte lange, wirre Haare und war sehr mager, aber stolz. Vermutlich lebte er auf der Straße, seine Kleidung war abgetragen, aber nicht schäbig. Er hatte eine Grenze überschritten, von der es keine Rückkehr gab, und war nun genau hier angekommen. Anklagend streckte er den Finger aus, rief Befehle, nickte oder schüttelte energisch den Kopf, breitete hilflos die Arme aus. Heftig gestikulierend dirigierte er ein Orchester, riss manchmal aus dem Nichts große Brocken heraus und führte sie zum Mund, manchmal schlitzte er sein Herz auf und zeigte es vor, dann drehte und wendete er die Hände und besah sie aufmerksam. Und gab dabei keinen Ton von sich … Dieses menschliche Treiben wiederholte er immer wieder, ohne Unterlass, immer gleich. Es war Imitation, unglaubliche, wahnsinnige, verzaubernde Nachahmung, und zugleich Wirklichkeit, die mit ein paar Schnipsern ins Leere außer Kraft hätte gesetzt werden können … Sein Spott war gefährlich. Er führte das Leben vor und reduzierte es auf seine simpelsten Konstanten, seine abgenutztesten Grenzen, ein großes, stilles Leben, das man dennoch überall anfassen, in die Hand nehmen, schlucken konnte … Zugleich hob er es in einsame, neblige Höhen empor, viel höher, als Worte dies je vermocht hätten. Ich musste lachen, und meine Stimme kam mir dabei ganz seltsam vor, wahrscheinlich weil ich seit Wochen nicht mehr laut gelacht hatte. Er sah nicht zu mir hinauf, doch in seinen Augen entdeckte ich lautes Gelächter. Mit beiden Händen fasste er sich an die Kehle, zog fest an einem unsichtbaren Strick und blieb unbeweglich stehen, als habe er sich das Genick gebrochen. Starr und würdig stand er auf dem leeren Gehsteig. Erwartete weder Beifall noch ein Gebet oder ein Klagelied. Ohne Angst und ohne Mitleid nahm er den eigenen Tod auf sich, den er bis zum Schluss aufgeführt hatte … Sowohl Mörder als auch Opfer … Aufrecht im fahlen Licht der Straßenlaternen … Wie ein Spiegel, der nichts mehr widerspiegeln will. Aus der Wahrheit, die aus ihm sprach, aus den von draußen, aus dem Unbekannten hereindrängenden Monologen, aus endloser Nachahmung, aus Wut, aus einem ständig wiederholten, unsinnigen, stillen Spiel formte sich das Leben. Aus dem Wunder, zu dem jeder Blick das Seine beitrug … Aus der Kluft zwischen dem, was ich in mir trug, und der wirklichen Welt … Ich wusste, dass dieses schwarze theatralische, pietätlose Wunder mir vorgeführt, doch erst durch meine Blicke vervollständigt wurde. Das Krankenhaus, die Häuser, die Straßen, die Menschen, die auf die Vorhänge riesige Schatten warfen, waren alle noch da, warteten auf den Morgen. Und dennoch … Für einen Lebenden war dieses Warten vielleicht kaum zu ertragen, dieser Spott, diese Dunkelheit, dieses Gelächter …

Als ich schmerzlich berührt ins Wohnzimmer zurückkehrte, war ich wie ein Glas bis zum Bersten mit allen Lauten der Welt angefüllt. Ich hörte in der Ferne das Meer rauschen, hörte Schritte, die auf ramponierten Gehsteigen, in Zellen, in Höfen widerhallten, hörte leise in den Hafen einlaufende Schiffe, das Pfeifen einer Sternschnuppe, die überirdisch goldenes Licht versprühte … Hörte einen leblosen Vogel, der einen Baum herunterpurzelte … Hörte den flötenspielenden Engel auf dem Plakat im Gang … Hörte, wie meine Mutter zum ersten Mal meinen Namen sagte … Hörte den Abschied, der von allem Verlorenen ausgeht, alle Hindernisse überwindet, jedes Leben überzieht, an die Ewigkeit prallt und sich auflöst … Hörte die Wurzeln, die sich um die unterirdische Welt schlingen, ihre Melodie, die sich mit der der Toten vermischt … Hörte die unter dem schweren Boden bebenden Träume … Hörte zum ersten Mal, zum letzten Mal, noch einmal, ein endloses Mal den Satz: »Ich bin hier!« … Hörte aus allen abwesenden Stimmen meine eigene heraus … Hörte die Schritte, die ich in den langen Tunneln des Schweigens tat, von einer Wand zur anderen, vom Licht in die Dunkelheit, von einem Schrei zu einem Wort, von der Dunkelheit ins Licht, von einem Wort zum anderen …

Am nächsten Vormittag um elf klingelte mein Telefon. Da ich es nicht anders ausdrücken kann, möchte ich mich mit diesen Worten begnügen: Eine Stimme sagte zu mir, dass der Mensch, den ich am meisten geliebt und der mich am meisten geliebt hatte, gestorben war. In jenem Moment, und noch eine ganze Weile danach, konnte ich mich nur an einen einzigen Augenblick mit ihr erinnern: Als sie mich in die Notaufnahme des G.-Krankenhauses gebracht hatte … Voller Blut und Entsetzen, schockiert, blutjung. »Hier bin ich geboren«, sagte ich damals und versuchte zu lächeln … Erst jetzt, neun Jahre später, begreife ich. Das blinde Kätzchen, das sie auf dem Schoß der Welt hielt, war ich. Durch den Tod eines anderen Menschen war ich zu meinem eigenen tragischen Schicksal, den Wegen meines eigenen Blutes zurückgekehrt und fürs Erste gerettet worden.

Ein letzter Satz: Ein Laut hat mich hierhergebracht. Ich habe nur ein paar Wörter zusammengesetzt, weiter nichts. Und bin so leer wie dieser Laut. In allen Wörtern bist du. In allen Wörtern und in keinem …

ÜBERS LEBEN REDEN

NACHWORT

Eingestürzte Häuser, leere Häuser, verlassene Häuser, und andere, die nur nachts bewohnt sind … Von erfahrenen Maurern gefertigte Steinhäuser, die schon viele Erdbeben und Brände überstanden haben. Verrostete Türen, längst ausgetrocknete Brunnen, von Tauben in Beschlag genommene Dächer, eine zwischen zerbrochenen Dachziegeln vorsichtig schreitende Katze, die Möwenschreie, die den Tag beginnen lassen und ihn auch beenden.

So beschreibt Aslı Erdoğan in ihrem *Requiem für eine verlorene Stadt* den Istanbuler Stadtteil Galata, mit einem Streifzug durch die Straßen und Gassen, in denen sie aufgewachsen ist. Wer die Stadt am Bosporus kennt, wird in dieser Passage einiges wiedererkennen – sich vielleicht aber auch fragen, warum die Stimmung so düster ist, warum Verfall und Armut und Gefahr aus den Zeilen dringen. Immerhin war Galata bis vor Kurzem noch ein Hotspot für europäische Touristen, dieses Viertel auf der europäischen Seite, in dem das Leben tobte und die Gentrifizierung in atemberaubender Geschwindigkeit gewachsene Strukturen verdrängte.

Über Nacht wurden marode Gebäude abgerissen und edle Apartmentkomplexe hochgezogen, die zwischen den alten Häusern von Beyoğlu oft wie Fremdkörper wirken. Alteingesessene mussten ihre Wohnungen verlassen, weil die steigenden Preise ihre Möglichkeiten sprengten – aber auch, weil ihnen die Veränderungen zu viel wurden.

Was ebenfalls in Aslı Erdoğans Text anklingt: Dass es eine Zeit gab, sie liegt noch gar nicht so weit zurück, da man sich in dieser Gegend und bis Karaköy nach Einbruch der Dunkelheit lieber nicht auf die Straße wagte – ganz besonders als Frau.

Die »verlorene Stadt« kann eine Stadt sein, die Schritt für Schritt ihr Gesicht verliert, aber eben auch eine, in der man ohne Halt und Sicherheit verloren ist.

So auch in folgenden Zeilen über den vor knapp tausendfünfhundert Jahren von Kaiser Justinian I. erbauten Galata-Turm, Wahrzeichen des Viertels, der wie ein gigantischer Zeuge der Geschichte über den Dächern in den Himmel ragt:

Eine Zeit lang waren dort Galeerensträflinge eingesperrt, heute erklimmt man die Wendeltreppe und schraubt sich hoch. Hier herauf stieg, wer zum anderen Ufer hinüberfliegen wollte, nach Asien, aber auch, wer die Reise zu seinem letzten Ufer antreten wollte.

Wo heute Menschen aus aller Welt Selfies machen, Souvenirs kaufen, im Restaurant speisen oder vom rundumlaufenden Balkon unter der Turmspitze die Aussicht auf die Stadt genießen, regierte einst der Tod. Darauf spielt Aslı Erdoğan an und ebenso auf Hezarfen Ahmed Çelebi, der Berichten zufolge im 17. Jahrhundert vom Dach des Turms aus mit selbst gebauten Flügeln über den Bosporus nach Üsküdar gesegelt und erfolgreich gelandet sein soll. Ob das wirklich geschah, ist ungewiss – aber die Istanbuler mögen die Geschichte, ebenso wie die Besucher. Wer den Turm erklimmt, denkt aus nachvollziehbaren Gründen lieber an den osmanischen Segelflieger als an Gefangene, deren Schreie von den dicken Mauern geschluckt wurden.

Ist *Requiem für eine verlorene Stadt* folglich ein Istanbul-Buch, so wie auf gewisse Weise Erdoğans *Das Haus aus Stein* (Penguin Verlag 2019) eines ist? Ja und nein.

Die Galata-Passagen sind, neben verstreuten Anspielungen, die einzigen Stellen im Buch, die sich explizit mit Istanbul befassen. Und sie waren in der ursprünglichen türkischen Fassung, die 2005 unter dem Titel *Hayatın Sessizliğinde* (dt. wörtlich: *Die Stille des Lebens*) erschien, nicht enthalten. Um zu verstehen, vor welchem Hintergrund die Autorin ihr Werk geändert hat, und um den Zugang zu den vorliegenden Texten zu erleichtern, ist es hilfreich, einen Blick auf die Entstehungsgeschichte zu werfen.

Requiem setzt sich aus kurzen Texten zusammen, von denen viele zunächst in der Schublade landeten, überwiegend geschrieben in den Jahren 2003 bis 2005, später ergänzt durch Texte von 1990, 2000 und 2001. Als Kernstück und Herz der Zusammenstellung sieht Aslı Erdoğan jenen Abschnitt, der heute unter dem Titel *In der Stille des Lebens* den Einstieg bildet.

Geburt und Tod überlagern sich darin, die namenlose Erzählerin sinniert über eine distanzierte Mutter, über die Abwesenheit einer Mutter, über einen daraus geborenen Zustand der Unvollständigkeit, des Unvollendetseins – ein Leitmotiv, das sich in zahlreichen Abwandlungen und refrainartigen Wiederholungen durch dieses *Requiem* zieht. Dazwischen eingestreut finden sich verfremdete Zitate aus dem ägyptischen Totenbuch, dessen Jenseitsorientierung das ewige, haltlose Suchen unterstreicht, die Unmöglichkeit, im (irdischen) Leben anzukommen.

Die alten Ägypter gaben ihren Toten auf opulent verziertem Papyrus geschriebene Texte mit ins Grab, die ihnen auf dem Weg ins ewige Leben hilfreich sein und sie vor der Verdammung zur ewigen Hölle durch Osiris bewahren sollten – im *Requiem* »reihen sich die Toten um ein Freudenfeuer«.

Aslı Erdoğan hatte sich vor Entstehung dieser Arbeit intensiv erst mit der griechischen, dann mit der oft hermetischen, schwerer zugänglichen ägyptischen Mythologie befasst, ein Einfluss, der ihren in den Folgejahren entstandenen Texten deutlich anzumerken ist.

In späteren Passagen löst sich diese vage Hoffnung auf ein Leben im Jenseits in tiefschwarzen Nihilismus auf:

Du sehnst dich nach einer Hand, die dir die nachtfeuchten Haare zurecht-
streicht, nach einem Atem, der in dich hineinfährt, dich erwärmt, erquickt,
dich zu dir bringt, nach einem anderen Blick, der den deinen vom Boden
erhebt und ihn zum Horizont leitet. Nach diesem einzigen Blick, der allen
Wegen, auf denen du gehst, einen Horizont verleiht. Du hast lange genug
ins Dunkel gestarrt, um zu sehen, dass jenseits eines eingebildeten Hori-
zonts nichts anderes liegt als eine große Leere.

Unmittelbar bevor sie den Stift zur Hand nahm und die ersten Zeilen des *Requiems* schrieb, erreichte sie die Nachricht vom Tod ihrer
großen Jugendliebe, zu der der Kontakt vier Jahre zuvor abgebro-
chen war. Ihre bislang nicht auf Deutsch vorliegende Debütnovelle
Kabuk Adam (dt. wörtlich *Muschelmann*) hatte sie diesem Mann
gewidmet, und das Wissen um seinen Tod nach einer sich ewig
anfühlenden Zeit der Ungewissheit ließ die Autorin in ein tiefes
Loch fallen. Bis dahin hatte sie einen Roman (*Die Stadt mit der roten
Pelerine*, der Roman, den sie bis heute als ihr wichtigstes Werk
bezeichnet), zwei Novellen (neben *Kabuk Adam* das auf Deutsch
erschienene *Der wundersame Mandarin*) und Kurzgeschichten verfasst:
filigrane literarische Texte, die stark surreale, zur Weird Fiction
tendierende Elemente enthalten, jedoch mit klaren Handlungs-
strukturen und Figuren; formal greifbare, in sich abgeschlossene
Texte wie beispielsweise auch die 1997 auf Deutsch erschienene
und mit dem Literaturpreis der Deutschen Welle ausgezeichnete
Kurzgeschichte *Holzvögel*, in der sie ihre Protagonistinnen sich im
Schwarzwald verlieren lässt, der als undurchdringlicher und ge-
fährlicher Dschungel erscheint.

Doch fortan wählte sie einen neuen Ansatz, da sie das Gefühl
hatte, in dieser Form nicht mehr schreiben zu können. Das Ergeb-
nis sind *Requiem für eine verlorene Stadt* und *Das Haus aus Stein*, und
rückblickend sagt Aslı Erdoğan, in gewisser Weise sei alles, was sie
seither geschrieben habe, eine Art Requiem. Beide Publikationen
entstanden in einer Phase großer Ungewissheit und Unsicherheit:

»Heute sehe ich all den Verlustschmerz in *Requiem* und *Das Haus aus Stein*, aber damals war mir das nicht bewusst. Ich habe keine Erinnerung daran, wie ich einige dieser Passagen überhaupt geschrieben habe«, sagt sie. »Es ist ein Schmerz, der noch nicht reflektiert war, noch keine Gelegenheit hatte, sich zu setzen. Das war alles so nah, so persönlich, dass es mir Angst machte.«

So kam es, dass die 2005 in der Türkei erschienene Fassung deutlich länger ist als die französische Übersetzung, die 2021 unter dem Titel *Requiem pour une ville perdue* erschien. Gemeinsam mit ihrem französischen Lektor hat Aslı Erdoğan das Buch stark gekürzt, Wiederholungen entfernt, stattdessen neue Passagen aufgenommen. Die vorliegende deutsche Ausgabe ist eine abermals neue Auswahl der Texte, die in der türkischen Publikation und der französischen Übersetzung enthalten sind – die dritte Version des Buches. Dass nun mehrere, voneinander abweichende Fassungen existieren, ist auch ein Element des Unvollendetseins. Wann ist ein Text wirklich fertig, abgeschlossen? Und muss er das überhaupt sein?

Die Türen zur Ewigkeit wurden weit aufgestoßen, doch auf der Palette aller Möglichkeiten hatte deine Geschichte weder einen Anfang noch ein Ende …

Im Laufe der Jahre stieß das *Requiem* vor allem bei Künstler*innen auf enorme Resonanz. Es inspirierte sie, animierte sie, den Text in andere künstlerische Bereiche zu übertragen, ihn weiterzudenken. Texte aus dem Buch wurden fotografisch und für die Bühne, aber auch für Ballett und Oper adaptiert.

Mit was für einer Art Text haben wir es beim *Requiem für eine verlorene Stadt* zu tun?

Aslı Erdoğan ist eine Autorin, deren Werk sich zum Teil formalen Klassifizierungen entzieht. Sie passt nicht in Schubladen und wollte das auch nie. Dass sie eine der wichtigsten Stimmen der türkischen Gegenwartsliteratur ist, liegt nicht zuletzt an ihrem ambitionierten und experimentellen Spiel mit Sprache und Form. Sie bricht Lesegewohnheiten auf, sie zwingt uns dazu, uns Zeit zu nehmen und uns ganz auf die Texte einzulassen, sie zu lesen, zu reflektieren, sie erneut zu lesen. Eine flüchtige Lektüre, bei der man auch einmal ein paar Seiten überblättert, funktioniert hier nicht.

Über weite Strecken ist das *Requiem* eine Sammlung düsterer Prosagedichte in einer zutiefst lyrischen Sprache, voller Metaphern und Anspielungen, labyrinthisch aufgebaut. Es gibt keinen Plot, keinen Handlungsbogen, vielmehr sind die einzelnen Passagen durch Stimmungen, Bilder, durch Variationen einer, wie Aslı Erdoğan es formuliert, »Suche nach dem Sein« miteinander verbunden. Dass aus ihnen ein Buch werden könnte, sagt Aslı Erdoğan, sei ihr erst in den Sinn gekommen, als sie diese Gemeinsamkeiten entdeckte.

Zwischen solchen hermetischen Passagen finden sich auch Texte, die klarer scheinen: einzelne Szenen mit einer eindeutigen Stimme, Briefe, Listen. In einem Abschnitt ist von einer Exilerfahrung die Rede, und man könnte meinen, es ginge um das Jetzt, um das Exil der Autorin in Deutschland, bis man einen Blick auf das Entstehungsdatum wirft und sieht: Das wurde vor über zwanzig Jahren geschrieben, bezieht sich auf Aslı Erdoğans Zeit als Physikerin am CERN – eine für sie sehr schwierige Phase, wie sie rückblickend sagt.

Aber ist die Protagonistin durchweg identisch mit der Autorin? An einer Stelle heißt es:

Wieder einmal spreche ich mitten aus dem Schweigen heraus – und wenn Sie denken, mit »ich« meine ich mich selbst, dann täuschen Sie sich.

Und an einer anderen:

Wenn Sie jetzt denken, ich redete gar nicht über mich selbst, dann täuschen Sie sich.

Von Anfang an spielte Aslı Erdoğan in ihren Werken mit ihrer Biografie, gab ihren Protagonistinnen unverkennbare Elemente von sich selbst mit auf den Weg. *Der wundersame Mandarin* ist in Genf angesiedelt, wo die Autorin eine Weile lebte, *Die Stadt mit der roten Pelerine* hingegen in Rio – dort verbrachte Aslı Erdoğan zwei Jahre ihres Lebens. Haben wir es mit autobiografischen Texten zu tun, mit Autofiktionalität?

Das lässt Aslı Erdoğan offen, im *Requiem* mehr denn je. Denn das Buch ist vielstimmig, wie ein Gesang sich überlagernder Worte und Gedanken, gewissermaßen ein literarischer Chor, dem man sehr genau lauschen muss, um einzelne Stimmen klar herauszuhören.

Im Vorwort zur türkischen Erstausgabe beschrieb Aslı Erdoğan es so: »Wörter, die eines nach dem anderen aus der Stille fielen, langsam, schmerzhaft. Über Jahre gesammelte Texte, wie Blätter, die ein Grab bedecken ... Das Buch benötigte weitere Stimmen, um zu einem finalen Punkt zu kommen, oder besser: zu einem finalen Fragezeichen.«

Wie also soll man das vorliegende Buch lesen? In einem Rutsch, von der ersten bis zur letzten Seite? Um Gottes willen, nein, sagt die Autorin, denn dafür sei der Stoff viel zu schwer. Besser liest man es wie einen Lyrikband – mal hier einen Text, dann am nächsten Tag einen weiteren. Man könne mittendrin anfangen oder am Schluss, die Reihenfolge sei nicht weiter wichtig. Man könne sich daran erfreuen, wenn man Zitate, Selbstzitate und Anspielungen auf andere literarische Werke erkenne, aber das sei nicht notwendig, um das Buch zu verstehen, denn viel wichtiger als das, was seine Verfasserin sich beim Schreiben dachte, ist, so sagt Erdoğan, was der Text mit der Leserin, mit dem Leser macht. »Es ist ein Text, der möchte, dass man ihn mit seinem eigenen Leben ergänzt, vervollständigt«, sagt sie.

Und es ist, bei aller Dunkelheit in und zwischen den Zeilen, doch zuallererst ein Buch über das Leben. In diesem Sinne:

Gut, fangen wir an. Sofort. Wir wollen ja übers Leben reden, da haben wir nicht viel Zeit.

GERRIT WUSTMANN

INHALT

Abweichende Ausgaben dieses Werkes
erschienen unter dem Titel *Hayatın Sessizliğinde*
bei Everest Publishing, Istanbul (2005)
und unter dem Titel *Requiem pour une ville perdue*
bei Actes Sud, Arles (2021).

Penguin Random House Verlagsgruppe FSC® N001967

1. Auflage
Copyright © Aslı Erdoğan, 2005–2020
Copyright © der deutschsprachigen Ausgabe 2022
Penguin Random House Verlagsgruppe GmbH,
Neumarkter Str. 28, 81673 München
Dieses Buch wurde vermittelt durch: Agence littéraire Astier-Pécher
ALL RIGHTS RESERVED

Umschlaggestaltung: Sabine Kwauka
Umschlagabbildung: © Arcangel/George Cairns
Satz: Leingärtner, Nabburg
Druck und Bindung: Pustet, Regensburg
Printed in Germany
ISBN 978-3-328-60252-1
www.penguin-verlag.de

Geschrieben im Hochsicherheitsgefängnis von Edirne – »ein Zeichen des Widerstands gegen Erdogan« (FAS)

Wenn eine Frau Opfer staatlicher Willkür wird, nur weil sie zur falschen Zeit auf dem Weg zur Arbeit ist. Wenn ein Vater sich gezwungen sieht, über seine Tochter zu richten, um die Ehre der Familie zu retten. Wenn einem Mädchen nur die Flucht von zu Hause bleibt, um selbst über sein Leben zu bestimmen. – Jede einzelne der Schicksalsgeschichten lässt einem den Atem stocken, weil nichts so erschütternd ist wie die Realität, aus der Selahattin Demirtaş schöpft. Nur selten kommt man dem Alltag in der islamischen Welt so nahe wie in diesen Erzählungen. Konkret und ungeschönt schildern sie das Leben in der Türkei, das gespalten ist zwischen Tradition und Moderne, Ignoranz und ohnmächtiger Wut. Storys von politischer Wucht – die in der Türkei von Hunderttausenden gelesen werden.

Asli Erdoğans wichtigster Roman endlich auf Deutsch

In ihrem symphonisch komponierten Roman über Gefangenschaft und den Verlust aller Sicherheiten nimmt die gefeierte türkische Schriftstellerin Aslı Erdoğan auf erschütternde Weise die eigene Gefängniserfahrung vorweg. »Was hatte ich hier zu suchen? Was war übrig von einem Ich?«, fragt einer der Protagonisten. Ein anderer wird freigelassen, doch was in der Haft geschehen ist, bleibt unsagbar, und er verfällt allmählich dem Wahnsinn. Aslı Erdoğan folgt mit ihrer poetischen dunklen Sprache den tiefen Narben, die eine Begegnung mit dem »Haus aus Stein« hinterlässt.